LOS VAQUEROS NO LLORAN
Anne McAllister

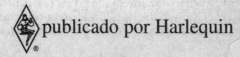

publicado por Harlequin

NOVELAS CON CORAZÓN

Editado por HARLEQUIN IBÉRICA, S.A.
Hermosilla, 21
28001 Madrid

I.S.B.N.: 84-396-4901-0
Depósito legal: B-2198-1996
Editor responsable: M. T. Villar
Diseño cubierta: María J. Velasco Juez
Composición: M.T., S.A.
Avda. Filipinas, 48. 28003 Madrid
Fotomecánica: PREIMPRESIÓN 2000
c/. Matilde Hernández, 34. 28019 Madrid
Impresión y encuadernación: LITOGRAFÍA ROSÉS, S.A.
c/. Progreso, 54-60. 08850 Gavá (Barcelona)
Fecha de impresión: Marzo-96

Distribuidor exclusivo para España: M.I.D.E.S.A.
Distribuidor para México: INTERMEX, S.A.
Distribuidores para Argentina: interior, BERTRAN, S.A. / Buenos
Aires y Gran Buenos Aires, VACCARO SÁNCHEZ y Cía, S.A.

Capítulo Uno

Incluso desde el establo, Tanner ya los oía discutir.

—No puede.

—Sí que puede.

—Ni en broma.

—Sí, señor.

—Con todos mis respetos, Ev —oyó decir a Bates seriamente, con su voz de chico bien educado—, Tanner es el mejor domando potros en estas tierras, sin lugar a dudas. Pero creo que ni él podría con éste.

Al doblar la esquina, Tanner vio al viejo Everett Warren escupir al suelo, mientras miraba fijamente al vaquero más joven.

—Eso demuestra que no tienes ni idea.

—Sí —interrumpió una tercera voz, mucho más aguda, y apareció Billy, el nieto de Ev, de nueve años, balanceándose en la verja del corral—. Tanner puede con todo.

Tanner sonrió ligeramente por la confianza que el niño tenía en él. De hecho, esperaba que Billy tuviera razón. Si así fuera, todo saldría bien cuando se enfrentase con su nuevo jefe esa tarde.

Pero antes de empezar a pensar de nuevo en eso, vio a Bates negar con la cabeza.

—Con esta yegua no —dijo, señalando a la que tenía sujeta por la brida.

Era la belleza azabache más impresionante que Tanner había visto en su vida. La inminente reunión se desvaneció de su mente ante aquella visión. Eso sí que era ganado equino de primera.

Tanner se detuvo y admiró la yegua, que se agitaba, coceaba, se revolvía y echaba la cabeza hacia atrás mientras Bates seguía hablando.

—Claro que puede. ¿No? —añadió Ev, al girarse y ver que Tanner avanzaba hacia ellos.

—Puedes montarla, ¿verdad, Tanner? —preguntó Billy.

Tanner no dijo nada y se quedó estudiándola, tentado.

Ev sonrió.

—Sam Gallagher acaba de traerla. Dice que en su rancho nadie ha podido montarla.

—Lo han intentado un montón de tíos —añadió rápidamente Bates—. Gibb se animó la semana pasada. No duró ni cinco segundos. Walker y Del Rio también lo intentaron, y los dos mordieron el polvo. De esos dos no me sorprende, pero Gibb es dinamita.

—No es como Tanner —insistió Billy.

—No hay nadie mejor que Tanner —Ev asintió enfáticamente. Masticó y volvió a escupir. Miró a Tanner con sus brillantes ojos azul claro—. Demuéstraselo.

Tanner ladeó la cabeza.

—¿Así como así?

—Ya has montado lo tuyo —le recordó Ev.

Pero de eso hacía mucho tiempo. Ahora tenía treinta y cuatro años y, tras una larga jornada sobre la silla de montar, era muy consciente de sus costillas, tres veces rotas, de su tobillo astillado, de su clavícula magullada, de su hombro con una tendencia permanente a la dislocación y de las dos placas que todavía tenía en la rodilla izquierda.

Aún así, la yegua era toda una belleza. Y no existía nada como medir sus fuerzas contra tanta energía, nada comparable a asentarse sobre media tonelada de animal lleno de nervio. Era como agarrar al mundo por la cola.

Pese a ello, Tanner dudó. Miró con nostalgia a la yegua de ébano, sintiendo cómo el peso de la responsabilidad le presionaba.

—Me gustaría saber de qué sirve un capataz muerto —le había reprendido Abigail la pasada primavera cuando mordió el polvo, tras ser arrojado por un fogoso bayo—. ¡No te pago para que destroces los caballos ni tus huesos!

—Estoy bien —le tranquilizó Tanner, tragándose el polvo que tenía en la boca y limpiándose la sangre del labio—. No armes un alboroto.

Pero a Abigail Crumm le encantaba alborotar. Y cuando una mujer llegaba a los ochenta y cuatro años, podía hacer cualquier cosa que quisiera. En este caso, convencer a Tanner para que dejara de domar potros.

—¿Es una orden?

Abigail soltó una risita seca.

—Claro que no. Sólo te lo estoy pidiendo, Tanner —le miró con coquetería, añadiendo con voz trémula de anciana—. Ya sabes lo que me preocupo por ti.

Tanner bufó. Abigail sonrió.

No montó al potro. Abigail estaba muy delicada de salud por sus problemas de corazón, y Tanner se maldeciría si fuese la causa de su muerte. Ella ya tenía bastantes preocupaciones al margen de él.

Pero ahora Abigail ya no estaba.

El ligero resfriado que tuvo en febrero se convirtió en neumonía la primera semana de marzo.

Le dijo que fuera al hospital. Le dijo que el zumo de naranja y las siestas vespertinas no eran suficiente. Pero Abigail no le hizo caso.

—Sabes de caballos, Tanner, no lo niego —dijo con tanta energía como pudo—. También eres un buen ganadero. Un maravilloso capataz. Pero hasta que puedas mostrarme un título en Medicina, yo misma seré mi doctora.

—En Casper tienen doctores titulados. Te llevaré allí —se ofreció, casi desesperado.

Pero Abigail se limitó a sonreírle desde la mecedora, y dio otro sorbo al zumo. Fuera, el viento sacudía el aguanieve contra las ventanas.

—No.

—Maldita sea, ¡así no te pondrás bien!

—He vivido bien, Tanner. Prefiero morir con las botas puestas, como mi padre, antes que marchitarme en una habitación de hospital.

—¡No vas a marchitarte, Abigail!

—No —dijo con firmeza—. Por supuesto que no.

Y no lo hizo. Pero tampoco sobrevivió.

Hacía dos semanas, llegando casi tarde al funeral por haber cabalgado antes hasta el desfiladero para arreglar una verja, Tanner se dejó caer en el banco trasero y escuchó al Reverendo Dailey recordar a todos cómo Abigail Crumm había sido siempre una fuente de inspiración.

—Vivió a su manera. Se ocupó de sus asuntos. En algún momento hizo que los vaqueros, los hombres de la refinería, los ovejeros y los del pueblo se enfurecieran con ella. Pero en todo Wyoming no había una persona más atenta que Abigail Crumm.

La mirada del reverendo Dailey recorrió la repleta iglesia, observando a toda la gente cuya vida se vio afectada por Abigail Crumm. Y sonrió.

—O... —añadió— más sorprendente.

En aquel momento Tanner no comprendió toda la importancia de esa afirmación.

Ahora sí la comprendía.

Y en poco menos de una hora se encontraría con la consecuencia más importante.

No le hubiera sorprendido que Abigail legase el rancho para una de sus buenas causas. El buen Señor sabía que tenía muchas: desde los gatos callejeros hasta los niños sin hogar. Y Tanner pensó que se las arreglaría bien en esas circunstancias. Ser capataz con un terrateniente ausente era estar en el paraíso. Además, ¿a quién más podría dejárselo? Ab no tenía parientes vivos. Por mucho que estimara a su viejo amigo Ev, este no tenía ya fuerzas para encargarse de una extensión tan grande, y Tanner sabía que a él tampoco se lo dejaría.

De hecho, se había asegurado de sobra de que no lo hiciera.

—De qué diantres estás hablando —balbuceó cuando ella le dijo que estaba pensando en nombrarle su beneficiario—. ¿Por qué harías algo tan estúpido?

—Confío en ti, Tanner. Conoces el rancho mejor que nadie.

—Sé todo el trabajo que supone. ¿Alguna vez has visto a un ranchero feliz, Abby? Claro que no. Tienen demasiadas preocupaciones como para ser felices. No, gracias. Soy vaquero, no ranchero. Y los vaqueros no se quedan. Somos libres. Sin ataduras. Llegué con mi silla de montar. Me iré con mi silla de montar. Y así es como me gusta vivir.

—Llevas aquí cuatro años —le recordó Abigail.

—Y me puedo ir mañana.

—¿Eso es lo que quieres?

Se encogió de hombros, sintiéndose incómodo ante su inquisitiva mirada azul.

—Claro que no —dijo después de un momento—. Por lo menos, no por ahora. Me necesitas.

Ella sonrió suavemente.

—Sí.

—Así que... —se encogió de hombros—. Me quedaré un tiempo. Porque quiero. No porque tenga que hacerlo. No intentes atarme.

Abigail se limitó a mirarle un largo rato, tan largo que Tanner se preguntó si realmente estaba mirándole a él o a otra cosa. Por fín, ella asintió.

—Lo que tú digas, Tanner.

Cuando Ev volvió a casa y le contó en la cena lo que decía el testamento, descubrió que le había dejado un remolque y sus dos mejores sillas de montar. Las llamaba «bienes portátiles».

El rancho se lo dejó a Maggie MacLeod.

—¿Qué demonios es un Maggie MacLeod? —preguntó Tanner, agarrando la taza de café que Ev le daba. No había tenido tiempo de leerlo personalmente. Las vacas no dejaban de parir para permitir que él leyera un testamento—. Nunca he oído hablar de eso.

Estaba muy claro que no sonaba a gatos callejeros. Pero lo cierto es que a Tanner no le preocupaba. Para él, todas las causas eran igual de buenas mientras la persona que estuviera a cargo de ellas se apartara de su camino y le dejara hacer su trabajo.

—No es un comité —dijo Ev—. Es una mujer.

Una mujer. ¿Una mujer? Tanner frunció el ceño.

—¿Una persona... normal, quieres decir?

¿No se trataba entonces de una organización?

—Ajá —asintió Ev, sonriendo.

—¿Qué tipo de mujer?

—Una maestra.

Tanner no podía creerlo. Su mente se llenó de visiones de viejas disecadas y estiradas. Bien sabía Dios que ya las había sufrido lo suyo. Todos aquellos años y aquellas aulas habían sido como una tortura para Tanner. Se moría de ganas de escaparse.

¡Y ahora Abby le había dejado el rancho a una de ellas!

Se puso en pie de un salto y empezó a caminar con furia por toda la habitación.

La sonrisa de Ev desapareció y miró a Billy, y luego echó una mirada de reprobación a Tanner. Tanner no se disculpó. Estaba demasiado ocupado en imaginarse el lío que montaría una maestra en el Three Bar C.

—Da clase en Casper —dijo Billy—. En tercero. Como la señora Farragut.

—Pues menuda recomendación —musitó Tanner.

—Ab la conoció en un comedor de beneficiencia —prosiguió Ev—. Cocinando para los necesitados.

—Genial —gruñó Tanner—. Probablemente querrá tejer gorritos para el ganado.

Billy soltó una risita.

—¿Cómo es posible que Ab no la trajera nunca? —murmuró, dándole una patada a la silla y dejándose caer sobre ella, con el ceño fruncido.

—Lo hizo una o dos veces. Tú no estabas. Estabas poniendo verjas o dando de comer al ganado. Haciendo tu trabajo —dijo Ev—. Ab no quería que examinaras a sus visitas.

—¿La conociste entonces? ¿Cómo es? ¿Vive en Casper? —si tenía una casa y estaba asentada allí, no sería tan malo. Podía ser terrateniente a distancia. No estaba tan bien como una organización caritativa, pero...

Ev negó con la cabeza.

—No. Y no ha estado en un rancho en su vida. Salvo para visitar a Ab.

—¿Quieres decir que Ab nos ha hecho cargar con alguien de ciudad?

Ev se encogió de hombros.

—Parecía bastante agradable. Muy amable, pensé. Y, claro, a Ab le gustaba.

—¡A Ab le gustaba más gente que a Will Rogers!

—Incluso los viejos canallas amargados como tú —dijo Ev de pasada, dándole una palmadita a Tanner—. ¿Dónde está tu fe en la naturaleza humana, chico? Ab no era ninguna estúpida. Si le gustaba esta Maggie lo suficiente como para dejarle el rancho, bueno, con eso me basta. Yo creo que sabía lo que se hacía.

Tanner no estaba de acuerdo, pero no iba a entrar en una discusión con Ev sobre ese tema. Ev siempre había creído que Abigail Crumm era el centro del mundo, y no se podía discutir con él. De todas formas, a Tanner se le ocurrió una idea más esperanzadora.

—Entonces es probable que se quede en Casper —dijo—. Una dama de ciudad como ella no querrá encerrarse aquí. Además, por aquí no hay muchos necesitados.

Pero en el correo del día anterior había llegado una carta de Clyde Bridges, el abogado de Abigail, matando esa esperanza.

La señorita Maggie MacLeod tiene muchas ganas de ver el Three Bar C. Ni siquiera señora, observó Tanner severamente. Cada vez peor *Llegará el miércoles. ¿Podría encontrarse con ella a las cuatro para hablar de su traslado al rancho?*

¿Trasladarse al rancho?

Tanner miró fijamente esas palabras, deseando que desaparecieran. Pero no lo hicieron.

Cerró los ojos e intentó una vez más imaginarse el tipo de fanática institutriz a quien Abigail estimaba lo suficiente como para hacer algo tan frívolo. Luego intentó imaginarse a una mujer así viviendo en el Three Bar C. Era una idea que se caía por su propio peso.

Su única esperanza era que ella pensara del mismo modo.

El Three Bar C no era el típico rancho de revista de decoración. Se parecía mucho más a una reliquia del siglo diecinueve, a varios kilómetros del pueblo, al pie de las montañas Big Horn. La casa de dos pisos se alzaba sobre pilares de pino que el padre de Abigail había talado personalmente y arrastrado hasta allí con sus hombres. Tenía cuatro paredes, una chimenea de piedra y carácter, pero no mucho más. Hasta el agua corriente y las tuberías de dentro habían llegado hacía poco tiempo.

No era lugar para una mujer.

Abigail había nacido allí, claro. Pero eso significaba que al crecer se fue adaptando, y lo conocía como la palma de su mano. Nunca había tenido otro hogar.

La señorita Maggie MacLeod, quienquiera que fuese, sí lo había tenido. Allí no encajaría.

Y ese día, a las cuatro en punto, en menos de una hora, Tanner iba a tener que convencerla de ello.

—Te desafío —dijo Ev.

Tanner parpadeó, volviendo al presente.

—¿Qué?

—A domarla.

—A lo mejor es demasiado sensato como para arriesgarse —sugirió Bates.

Ev negó con la cabeza.

—Tanner no.

Tanner lo miró, ceñudo.

—Muchas gracias.

—Quería decir que no te da miedo correr riesgos —Ev arqueó una ceja—. ¿Verdad?

Era una locura. Era absurdo. Hacía más de un año que no montaba un caballo salvaje como esa yegua. Su médico se pondría furioso y Ab se revolvería en la tumba.

Se estiró para tomar las riendas. Necesitaba sentir el reto que eso suponía. Necesitaba la emoción, la descarga física que surgiría al intentar controlar el caos. Lo haría; y luego se encargaría de la señorita Maggie MacLeod.

—¡De acuerdo! —gritó Billy mientras Tanner se subía a la montura.

En un instante el caballo se había recompuesto. Tanner notó cómo se crecía bajo su peso y se lanzaba, explotando al intentar arrojar de su grupa la carga desconocida.

Saltando y apretando fuertemente, Tanner se rió. Lanzó un brazo en el aire, exultante en su arrebato, saboreando la oleada de potente energía, el reto de controlarla, de controlar y domar aquel caballo de belleza tan negra.

Saltaba, brincaba y se retorcía. Tanner seguía agarrado. Corría y se meneaba, se arqueaba y encabritaba. Tanner seguía aferrado.

Entonces comenzó a adaptarse a su ritmo. Captó el ritmo y se movió a su compás. Se le retorció la columna, sintió dolor en la rodilla, la cabeza se le fue hacia atrás y el sombrero salió volando.

Seguía encima. Se anticipaba. Mantenía el equilibrio. Se inclinaba, se arqueaba, se hacía fuerte.

La yegua bajó la cabeza, embistió hacia delante y, de repente, hizo un brusco movimiento hacia atrás, lanzándolo como un látigo hacia arriba, haciéndole perder el equilibrio.

Salió disparado. Voló por los aires. Se dió un fuerte golpe.

Estaba en el paraíso.

Tenía que estarlo.

¿Cómo si no tenía ante él, cuando por fin abrió los ojos, un ángel con los ojos más verdes, la boca más deseable y el mechón de cabello ondulado rojizo más increíble que jamás había visto, mirándolo fijamente?

Sonrió. Así que, después de todo, había recompensas eternas. Y diablos, ¡ni siquiera había tenido que ser un santo completo para conseguir una! Aturdido y mareado, Tanner alargó un brazo para tocarla.

—¡No te muevas!

El sonido de su voz fue tan inesperado que sintió un espasmo. Sintió dolor, pero no más que al estirarse.

Cerró los ojos despacio, intentado poner en orden sus ideas. ¿Estaba en el cielo o no?

Lentamente volvió a abrir los ojos, esperando que la visión hubiera desaparecido.

Seguía allí, aún más cerca. Su piel parecía tan suave como los pétalos de las rosas de Ab, y sus mejillas tenían un ligero rubor. Y, por Dios, ¡qué boca! ¿Hacía cuánto tiempo que no besaba a una mujer? Tanner tragó saliva e intentó enderezarse a duras penas.

Ella lo detuvo con la mano.

—He dicho que te quedes quieto. No intentes levantarte todavía —dijo la voz angelical.

Sólo pudo seguir tumbado, sonreír mareado y volver a cerrar los ojos. La cabeza le zumbaba.

—No se ha desmayado, ¿verdad?

Esta otra voz era ronca y muy poco angelical. Ev. Diablos.

Tanner volvió a abrir los ojos a duras penas. Ahora había otras caras arremolinadas en su punto de mira: Ev, gimoteando y preocupado; Billy, consternado; Bates, resignado.

Adiós al paraíso.

Movió ligera y dolorosamente la cabeza, intentando centrar la mirada. ¿Entonces quién era ella? Porque aún seguía allí el ángel pelirrojo...

Tanner se recostó sobre los codos en la masa de lodo, fango y estiércol del corral para mirar a la mujer que, al parecer, no era producto de su imaginación ni el resultado del golpe en la cabeza.

—Tenga mucho cuidado —dijo ella—. Puede haberse roto algo.

—Es probable —dijo él a duras penas, agradecido al menos por poder hablar—. Me está bien empleado.

—Se lo dije —murmuró Bates.

—Lo ha hacido mejor que Gibb —añadió Billy con firmeza.

12

—Hecho —corrigió de pasada la visión de cabello rojizo.

Al oírla, Tanner soltó un quejido.

—¿Qué pasa? —preguntó ella rápidamente.

—¿Usted es la maestra? —no podía creerlo, y en ese mismo instante comprendió que no había la menor duda.

—En efecto. Soy Maggie MacLeod.

Le tendió una mano.

Él no la aceptó. Probablemente, de haberlo hecho la habría tirado al estiércol. Además, las suyas estaban enfundadas en guantes llenos de barro y no se los iba a quitar sólo por cortesía.

De todas formas, no quería darle la mano.

No era por una sola razón, sino por multitud de razones.

¿Esa era su nueva jefa? ¿La pulcra maestra? ¿La sargento instructor con cara agria que había estado esperando?

Estaba muy claro que ya no hacían maestras como las de antes. Adiós a las arpías como la vieja Farragut.

Pero, a su manera, ésta era mucho peor. Era la mujer más bonita que había visto nunca. ¡Y estaba tirado en el lodo delante de ella! De repente, Tanner ardía de vergüenza.

Apretando los dientes, se puso en pie. Habría vuelto a caerse si Ev y Bates no lo hubieran agarrado y levantado de cualquier manera entre los dos.

Estar de pie no suponía tantas ventajas como había esperado. Maggie MacLeod era casi tan alta como él. La preciosa cabellera pelirroja estaba justamente a la altura de sus ojos. Se deshizo de Ev y de Bates y pisó firmemente.

—Llega antes de la hora —dijo acusador.

—Un poco —no se disculpó. Pero sí sonrió. Y él no pudo evitarlo: seguía pareciendo la sonrisa de un ángel. Incluso tenía un diminuto y muy besable hoyuelo junto a la boca.

—No sabía cuánto tardaría en llegar —estaba diciendo cuando él volvió a centrar la atención en sus palabras.

—Las carreteras de grava no están muy bien en esta época del año, ya sabe. Se me dio mejor de lo que esperaba.

Y peor de lo que él esperaba.

Tanner gruñó. Se estiró, queriendo ajustarse el sombrero y mirarla de esa manera orgullosa e intimidatoria que utilizaba cuando quería imponer su autoridad.

Tenía la cabeza descubierta. Veía claramente su sombrero tirado en el lodo al otro lado del corral. Se tragó una maldición. El pelo húmedo se le enmarañaba por la frente y ni siquiera podía echárselo hacia atrás sin crearse aún más problemas. Cerró los puños y tensó los dedos, frustrado.

Maggie MacLeod seguía sonriendo, pero también lo miraba con ciertas dudas.

—Tengo una cita con el capataz de miss Crumm. Alguien llamado... —dudó—, ¿Tanner?

—Es él —dijo Billy alegremente, dándole una palmadita a Tanner en una de las doloridas costillas, por si ella no había adivinado todavía su identidad.

A ella la sonrisa se le evaporó momentáneamente, y Tanner tuvo por un segundo la esperanza de que saliera corriendo en dirección opuesta.

Pero Maggie MacLeod dijo:

—Bien— Volvió a ofrecerle la mano, echó un vistazo al lodo y se metió la mano en el bolsillo—. Bueno, me alegra conocerlo por fin.

—Sí, a mí también —dijo Tanner, tras un instante.

—Creo que no vino al despacho del abogado, ¿me equivoco?

—Tenía cosas que hacer. Un rancho no se gobierna por sí solo.

—Sí, eso dijo el señor Warren. ¿Es...? —volvió a dudar— ¿El señor Tanner, o...?

—Sólo Tanner —dijo secamente. Miró a Ev casi con desesperación—. ¿Qué hora es?

—Casi las tres y cuarto.

14

—Estábamos citados a las cuatro —dijo a Maggie.

—Sí, pero...

Tanner señaló con la cabeza en dirección a la casa del rancho.

—Puede esperar allí. Llegaré a las cuatro.

Seguro que podía arreglarse en media hora.

Girando sobre los talones y dando gracias a Dios de que la rodilla no se le hubiera salido, cruzó el corral, agarró su sombrero y siguió caminando hacia la yegua de ébano.

—Vamos, cariño —dijo, alargando una mano para tomar las riendas nuevamente—. Tú y yo tenemos trabajo.

Ella no esperó «allí». Se quedó donde estaba. Se movió sólo para trepar al madero más alto de la verja del corral y sentarse junto a Billy. Y se quedó allí, observando todos sus movimientos.

Él la ignoró.

Volvió a subirse a la silla de montar y la apartó de su mente. Ni siquiera se dio cuenta de cómo se atragantó cuando la yegua saltó, girando en el aire e hizo que él casi se cayera. No prestó la menor atención a su mirada extasiada o a cómo giraba la cabeza observando la manera en que él y la yegua se lanzaban de uno a otro extremo del corral. Casi ni vio cómo se apartaba de la cara la larga melena pelirroja mecida por el viento, o cómo se estremecía y tomaba aire cuando él caía al suelo.

Cayó tres veces más.

Podría haber caído cien veces y no habría abandonado. Diablos, le daba igual si la yegua le rompía todos los malditos huesos del cuerpo, matándolo en el proceso.

No iba a abandonar delante de Maggie MacLeod.

Con todo, cada vez que se levantaba del lodo, sentía el hombro menos sólido y la pierna peor. En cuanto a las costillas, parecía que la yegua hubiera bailado un tango sobre ellas. Y la última vez que cayó en tierra, se mordió la lengua con tanta fuerza que notó la sangre. Apretando los dientes, Tanner se dirigió tambaleándose hacia donde Ev sujetaba al caballo.

—No tienes porqué hacer esto —se apresuró a decir Bates.

Tanner tomó las riendas.

—Sí.

—No por lo que dije —dijo Ev—. No quería que te mataras.

—Estoy bien.

—Claro. Por eso cojeas y escupes sangre.

Tanner lo ignoró, sin mirar a la mujer de la verja, aunque sentía sus ojos fijos en él al subir una vez más a la montura.

Por suerte, la yegua estaba tan cansada como él. Y en esa ocasión, al subirse él a su grupa, se limitó a dar un par de débiles brincos y un respingo, echó la cabeza atrás y trotó suavemente por el corral.

—Te lo dije —se jactó Billy. Ev sonreía, y Bates parecía impresionado.

Tanner no sabía qué pensaba Maggie MacLeod. Ella no decía nada y él no la miraba. Era todo lo que podía hacer para evitar que se viese la mueca de dolor en su rostro a cada paso que daba la yegua. Pero cabalgó con ella un par de vueltas más antes de llevarla al extremo opuesto del corral y de desmontar cuidadosamente.

Apoyándose en ella, la hablaba, calmándola. Ella lo necesitaba, como él, para que la pierna temblorosa y dolorida volviera a afianzársele sobre el suelo. A pesar de eso, casi se le dobló al dar el primer paso.

—¿Estás bien? —preguntó Ev.

—Genial —se estremeció y caminó con tiento, disimulando la cojera con tanto aplomo como pudo mientras llevaba la yegua hacia el establo.

Esperó a llegar allí, donde podía apoyar una mano en el umbral, y se giró para mirar a Maggie MacLeod.

Echó un vistazo al reloj. Eran las cuatro menos cuarto.

—Iré a la casa en cuanto haya guardado la yegua. Vaya haciendo café y hablaremos.

Tanner nunca había jugado al fútbol, pero no le hacía falta ser defensa para saber que había mucha verdad en el tópico de que la mejor defensa es un buen ataque. Sabía también que necesitaba una defensa. Y mucho.

—Es realmente preciosa, ¿verdad? —preguntó Billy, saltando de alegría delante de Tanner, pero mirando de reojo a Maggie, que se dirigía a la casa.

Tanner no tuvo ni que mirar atrás. Con sólo mirarla unos segundos, se le quedó grabada en la mente la forma en que se movía. Podía cerrar los ojos aún ahora y ver el femenino contoneo de sus caderas dentro de esos elegantes y suaves pantalones. Tragó saliva y pasó junto a Billy en su camino al barracón.

—No está mal —admitió.

Bates, que le seguía a unos pasos, refunfuñó.

—¿Que no está mal? Es un cañón.

—No hace falta que babees —espetó Tanner.

—Oye —Bates alzó las manos y retrocedió unos pasos—, sólo estaba hablando. No estoy intentando quitártela —miró a Tanner de arriba abajo—. Si la quieres, es tuya.

—¿Para qué diablos iba a quererla? —gruñó Tanner. Se levantó la camisa y gimió de dolor por el pinchazo que sintió en el hombro.

Bates sonrió.

—¿Que para qué ibas a quererla? ¿No lo sabes? ¡Demonios, Tanner, sé que a veces eres un poco lento, pero creía que hasta tú sabrías qué hacer con una mujer!

—Cállate, Bates —dijo Tanner con una afabilidad que no sentía. Se quitó la camisa y sacó del armario una limpia. Tenía casi toda su ropa en la casa, ya que se había mudado allí hacía un año. Ahora estaba encantado de haber conservado algunas cosas en el barracón.

Entró en el baño y abrió la ducha, deteniéndose a estudiar su cara en el espejo.

Estaba mugriento y sudoroso y sucio. Bajo la suciedad se podía ver un incipiente moretón en la mejilla, donde se había golpeado con un estribo al volar por los aires. Y tenía un corte sobre el ojo izquierdo, pero la sangre ya se había secado. No valía la pena preocuparse por la herida de la boca.

Volvió la cabeza, mirándose la cara sin muchas ganas. No era lo que una mujer consideraría realmente guapo, aunque tampoco salían corriendo al verle. Su cara era enjuta, curtida. Sus ojos eran azules y profundos bajo unas cejas oscuras. Necesitaba un afeitado. Frunció el ceño ante esa idea.

Abby solía decirle que fruncía demasiado el ceño. «Sonríe, Tanner» le decía siempre. Se obligó a sonreír. Podía haber sido peor.

En cuanto se quitara el polvo y se afeitase, tendría mejor aspecto.

Claro, necesitaba un corte de pelo. Casi nunca se molestaba en arreglarse el frondoso y enmarañado pelo. Cuando iba a la ciudad siempre tenía cosas más importantes que hacer. Quizás podría llamar a Ev y ver si el viejo quería intentarlo. Así Maggie no pensaría...

¡Vaya!

Se quedó quieto, mirándose fijamente en el espejo, repitiendo mentalmente esas palabras. Quizás Maggie no pensaría...

Volvió a detenerse.

Termina, se ordenó a sí mismo.

Quizás Maggie no pensaría que era un absoluto desastre.

Maldita sea, ¿y a él qué más le daba lo que Maggie MacLeod pensara de él?

Cerró la ducha, y se limitó a meter la cabeza bajo el grifo del lavabo, frotándose la cara y el pelo hasta eliminar casi toda la suciedad.

Tomó una vieja cuchilla del cajón de las medicinas, estudió las mejillas cubiertas de barba, y volvió a dejar la cuchilla.

No había razón para que se acicalara por Maggie MacLeod. Por el amor de Dios, iba a trabajar para ella, no a cortejarla.

Hacía años que Tanner no cortejaba a nadie. ¡Y no pensaba volver a hacerlo!

La sola idea de que lo hubiera pensado, incluso en su subconsciente, le enfureció. Frunciendo el ceño, se dirigió apresuradamente al otro cuarto.

—Pásame esa camisa — le dijo a Billy.

—Creí que ibas a... ¿No vas a...? —Bates miró primero a la ducha y luego otra vez al torso aún sudoroso de Tanner. Y cerró la boca.

Tanner se abrochó la camisa y la remetió en los pantalones. Si se le había pegado un ligero olor a caballo y a lodo, lo sentía mucho. Si Maggie MacLeod creía que le iba a gustar la vida en el rancho, más le valía acostumbrarse al olor.

Alejó la idea de que Abigail le habría arrancado el pellejo si se hubiera atrevido a aparecer en casa con esa pinta. Puede que el Three Bar C no fuera el centro del mundo civilizado, pero Abigail era una dama que guardaba las formas.

Tanner sabía muy bien que no debía acercarse a ella lleno de suciedad y lodo. Exigía compostura hasta de tipos como él.

Pero Maggie MacLeod no era Abigail.

Era una espina que se le había clavado y estaba dispuesto a todo para quitársela de encima.

Estaba encantado de haberse pasado toda la noche en vela preparando una serie de argumentos racionales que convencieran a una maestra marchita y de gesto agrio de que el Three Bar C no era lugar para una dama. Rogó a Dios que esos mismos argumentos funcionaran con Maggie MacLeod.

Al cruzar el jardín, y subir las escaleras del porche, el viento cambió y le llevó una bocanada del aroma a corral que lo acompañaba.

Quizás no necesitaba argumentos racionales, pensó sonriendo. Quizás bastarían una mirada y una bocanada para que hiciera las maletas.

Soñar no costaba nada.

Capítulo Dos

Con la mano en el picaporte, Tanner dudó, preguntándose si ella esperaba que llamase antes de entrar. ¿Sabía que Ev y Billy y él habían compartido la casa con Abigail desde el último verano?

Pero antes de que decidiera qué hacer, oyó cómo le llamaba.

—Pase.

Estaba sentada en la mecedora de Abigail junto a la chimenea, y aunque se había propuesto concentrarse en caminar sin cojear, se quedó helado, sacudido por esa imagen.

Nadie se sentaba en esa silla aparte de Abby.

Abrió la boca para quejarse, pero comprendió que ya daba igual. A Abby no le importaría.

Abby lo quiso así, se repitió severamente.

Y lo peor de todo era que Maggie MacLeod parecía estar cómoda allí, como si encajara.

Parecía estar a gusto. Como en su casa. Apretó la mandíbula.

Alguien, probablemente ella, ya que Tanner no creía que lo hubiera hecho otra persona, había echado otro leño al fuego, y ahora ardía vivamente, crepitando y crujiendo, como siempre le gustó a Abby. En la mesa, junto a ella, había una bandeja con una cafetera, tazas y galletas.

¿De dónde había sacado las galletas? se preguntó Tanner, irritado.

Se quitó el sombrero, enrollando el ala entre sus manos, y se quedó de pie, mirándola con el ceño fruncido. Maggie se levantó y se acercó a él, sonriente. Sin el abrigo, su figura era tan angelical como su cara. Los elegantes pantalones que se habían mecido con sus andares eran de lana verde oscura. Vestía un jersey de color crudo con cuello vuelto, muy suelto, por el que asomaba la piel cremosa y ligeramente pecosa de su cuello. Y, más abajo, sus pechos elevaban la suave angora del jersey...

—Encantada de que sobreviviera a su encuentro con el potro.

Parpadeó, apartando la mirada de los pechos, tragando con fuerza y descubriendo que nuevamente le ofrecía su mano y que estaba esperando.

Una corriente de sangre caliente le recorrió el cuello. ¡Seguro que pensaba que era un idiota! Retiró los dedos del ala del sombrero y le tendió la mano.

Maggie la estrechó con firmeza, calidez y dulzura.

—Gajes del oficio —dijo bruscamente.

El escepticismo con que ella lo miró hizo que se balanceara, incómodo. Entonces ella sonrió y se encogió de hombros.

—Lamento que se sintiera obligado a apresurarse.

Su mirada pasó de las mejillas sin afeitar a los sucios tejanos, y él comprendió al momento a qué achacaba ella su falta de aseo.

—¡No me he apresurado! Quiero decir que... ¡Maldita sea, debería haber imaginado que no entendería la indirecta!

El aparecer sin afeitar y apestando a corral no significaba que se muriera de ganas por acudir a su llamada, pero no podía decírselo. Frunció el ceño. Apretó con más fuerza el ala del sombrero.

—En cualquir caso, agradezco el tiempo que me está dedicando, señor...

—No es señor, señora. Se lo dije: sólo Tanner.

—¿Entonces es ése su nombre de pila?

—No.

Sonrió y él pudo ver de nuevo ese maldito hoyuelo.

—¿Cómo se llama?

—Robert.

Le resultaba extraño decirlo, oírlo en voz alta. Había

sido Tanner durante tantos años que casi no recordaba ser nadie más. Hasta sus hermanos lo llamaban Tanner. Su padre no, claro. Pero cuando Bob Tanner Senior se dirigía a su hijo mayor, se limitaba a llamarle «hijo». Estaba claro que hacía años que nadie lo llamaba Robert, ni siquiera...

Maggie MacLeod le sonrió y lo tomó por el brazo.

—Venga, tome asiento, Robert.

Debería haberlo imaginado.

—Todos me llaman Tanner, señora —le corrigió con firmeza, pero tenía la sensación de que no le escuchaba.

Se sentó, no en el sofá, como ella le había indicado, sino junto a la chimenea, apoyándose en la dura piedra y mirándola con cautela mientras ella servía dos tazas de café. Todavía le hormigueaba el brazo en el punto donde ella lo había tocado. Se lo frotó disimuladamente.

Maggie levantó la vista.

—¿Pasa algo?

Se puso coloradísimo y se sentó muy rígido.

—No, señora.

—Si no está cómodo ahí, a lo mejor prefiere el sofá —sugirió.

—Estoy bien aquí —estaba lo más alejado posible de ella.

—Como quiera.

Demonios, si pudiera hacer lo que quisiera, no estaría ahí ni loco. Retorció con más fuerza el ala del sombrero.

—¿Lo toma con leche? ¿Azúcar?

—Sólo. Por favor —añadió cuando vio que su primera respuesta sonaba demasiado seca.

Maggie se levantó y le acercó una taza, y luego echó una nube de leche en la suya, removiéndola. Se recostó en la mecedora de Abigail y se llevó la taza a los labios. Dio un sorbo, tragó y le sonrió. Él intentó no verlo.

—Estoy encantada de hablar por fin con usted. Sé que no es así, pero me siento como si nos conociéramos de antes. Abby me habló tanto de usted...

22

—¿Sí?

Genial. Ojalá Abby le hubiera contado algo de ella. Quizás entonces no se sentiría como si caminara sobre arenas movedizas.

Deseaba poder lanzarse de lleno con sus argumentos para que se quedara en Casper. Pero aunque podía verse planteándoselos con firmeza a una arpía como la vieja Farragut, en cierto modo con Maggie sentía la boca seca y no le salían las palabras.

Bebió un sorbo de café y estudió a Maggie MacLeod como lo haría con un caballo desconocido y sin domar.

Pero era mucho más fácil entender a la yegua de ébano que a Maggie.

Por primera vez se preguntó en qué estaría pensando Abigail cuando le dejó el rancho a Maggie. La vieja siempre había sido una mujer de acción, de campañas, manipuladora, con un millón de buenas causas.

Tanner comprendió que el hecho de que fuera sólo una mujer no significaba que Maggie no fuera una de ellas. ¿Pero qué clase de causa era Maggie MacLeod?

Su detenido estudio no le proporcionaba ninguna respuesta. Tan sólo le hacía darse cuenta de lo atractiva que era y de cómo, en ese momento, su cuerpo respondía ante ella.

Durante años Tanner había podido atraer a las mujeres o abandonarlas. Casi siempre hizo lo primero, y luego lo segundo.

Salvo si eran del tipo suave, te-amaré-siempre, como Maggie MacLeod: entonces salía corriendo y nunca miraba atrás.

Que es lo que debería estar haciendo ahora, pensó con gravedad. Pero no podía. Le había prometido a Abby que se quedaría un tiempo y que ayudaría al nuevo propietario con el traspaso.

No había pensado en nada de eso al hacer la promesa. Y, si eso hacía que Abby descansara más tranquila, ¿cuál era el problema? Confía en Abby.

—¿Qué le contó sobre mí? —preguntó por fin. No sabía por dónde más empezar, y quizás le viniera bien saber con qué bobadas le había llenado Abby la cabeza.

—Lo mucho que dependía de usted —contestó Maggie. Se recostó en la mecedora y se meció suavemente, sin dejar de sonreírle—. Dijo que usted era la razón por la que podía mantener el rancho, que si usted no hubiera estado aquí estos últimos años, habría tenido que mudarse a la ciudad. Dijo que usted trabajaba día y noche, que ayudaba al señor Warren si la casa o el camión necesitaban un arreglo, y daba de comer al ganado. Dijo que es un buen jinete.

Sonrió.

—Dijo que era una influencia maravillosa para Billy. El hombre más amable, atento y responsable que conoció en su vida.

Tanner bajó la cabeza, incómodo por los halagos.

—Sí, bueno, supongo que soy el típico dechado de virtudes, ¿no? —murmuró a regañadientes.

Maggie se rió.

—Evidentemente, parece que Abigail pensaba eso.

—No era objetiva —dijo Tanner llanamente—. Cualquiera puede hacer lo que yo hago.

—¿Incluyendo el que casi se matara esta tarde a caballo?

—Sobreviví.

—Todavía cojea.

Así que no había podido ocultárselo.

—No es gran cosa.

—Puede que no. Pero el que usted sobreviva sí es gran cosa. Si se muere, esto se viene abajo. No sé nada de ranchos. Sin usted, el Three Bar C sería un caos.

—Ya encontraría a alguien.

—Abby me prometió que estaría usted disponible para mí.

Esas palabras le sentaron como un puñetazo en la boca del estómago. Hasta la propia Maggie comprendió que se podían interpretar de otro modo, porque sus mejillas se cubrieron de rubor, y bajó la vista hacia la taza de café. Por Dios, era aún más bella cuando se avergonzaba.

¡Y que Dios le amparara si no dejaba de pensar en esas cosas!

—Soy un contratado, no un esclavo. Puedo irme cuando quiera.

Su brusquedad desconcertó a Maggie. Lo miró con cautela.

—¿Es una amenaza?

Una promesa, quiso decir él.

—No tiene nada que ver con usted. Soy así. No me gusta que me aten.

Arqueó las rojizas cejas.

—¿De verdad? ¿Y por qué no?

Él se encogió de hombros, sorprendido ante la franqueza de su pregunta, reacio a contestar.

—Me gusta mi libertad —dijo tras un momento—. Y dispondré de ella cuando esté listo. Hasta entonces, le prometí a Abby que me quedaría para asegurarme de que todo iba bien.

—Gracias —dijo ella con seriedad.

Él asintió.

—Y todo irá bien, ya sabe. No hace falta que esté encima. Quiero decir... —insistió—, no hace falta que esté por aquí, que se traslade. Ev dice que tiene una casa en Casper. Si quiere quedarse allí, por mí no se sienta obligada.

—No quiero quedarme allí. Me gusta este sitio. No —rectificó—, me encanta este sitio.

Tanner la miró fijamente.

—Es lóbrego y frío y solitario hasta el dolor.

—Está a una hora de Casper.

—El centro del mundo cultural de Occidente.

—Es un pueblo agradable. He vivido en muchísimos sitios peores, créame.

—¿Sí? —eso le sorprendió.

—Mis padres son misioneros.

Se veía venir. Gruñó para sus adentros.

—Estuvimos mucho tiempo viviendo en cabañas en lugares inhóspitos.

—Bueno, entonces probablemente quiera algo de civilización.

25

—Quiero un hogar.

Sus palabras fueron como una sacudida. Era como si un eco muy lejano sonara en su mente. Y, en cuanto lo oyó, lo apartó de su pensamiento.

—Tiene un hogar en Casper.

—Tengo un apartamento en Casper. Puedo hacer que el Three Bar C sea un hogar. Era el hogar de Abigail —añadió—. Por eso me lo dejó.

—¿Perdón?

—Abigail sabía que quería un hogar. Nunca tuve uno. Me he pasado toda la vida de un lado para otro.

—Y yo —dijo Tanner—. No hay nada malo en ir de un lado para otro.

—No. Hay gente para la que está bien. Pero yo ya he hecho cuanto quería. Ahora quiero un lugar donde echar raíces. Asentarme. Tener una familia.

—Casper —musitó desesperadamente Tanner.

Maggie le sonrió con paciencia.

—No. Aquí. Mis padres siguen en el extranjero, pero tengo dos hermanos, uno en Colorado y otro en Nebraska, y quiero crear un hogar: para mí y para ellos. Abigail dijo que usted tenía hermanos. Seguro que sabe a qué me refiero.

Lo miraba fijamente.

De acuerdo, sabía a qué se refería.

—No siempre conseguimos lo que queremos —dijo.

—No. Pero ésa no es excusa para no intentarlo, ¿verdad? —mordió una galleta y lo miró a los ojos.

Tanner apartó la mirada. Se encogió de hombros. Estaban en tablas.

—¿Por qué será que tengo la sensación de que quiere deshacerse de mí?

Pues porque así era, evidentemente.

—Tan sólo estoy intentando hacerle un favor. El Three Bar C no es todo calor y alegría y chimeneas y cosas así. Es lodo y viento y vida salvaje y frío, y casi nunca hay un alma en muchos kilómetros a la redonda. Aquí no hay gente, nadie con quien hablar.

—Está usted. Y el señor Warren y Billy.

26

—Nosotros no contamos. No somos... —buscó la palabra—, gente muy habladora.

—No me importa.

A mí sí, quería gritarle Tanner. Se acabó el café de un sorbo, se abrasó la garganta y empezó a toser. Se puso en pie de un salto y cojeó por toda la sala. Maggie se levantó para ir junto a él y le dio unas palmaditas en la espalda.

Él se deshizo de ella.

—Habrá comentarios —dijo finalmente, desesperado, cuando consiguió recobrar el aliento.

—¿Comentarios? ¿Sobre qué?

—Sobre nosotros. Usted. Yo.

Sólo con decirlo la sangre caliente le subía a la cara, y el gesto divertido de Maggie al comprender lo que quería decir lo empeoró mucho más.

—¡Una mujer soltera no vive con un grupo de solteros! Eso no se hace.

—Bueno, está claro que Abigail no me lo contó todo acerca de usted —dijo Maggie, sonriendo—. Jamás me dijo que fuera un puritano.

—¡No soy un puritano, maldita sea!

—¿Caballeroso, entonces?

—¡Tampoco soy caballeroso! Es sentido común. ¡Usted es maestra! Una maestra tiene que dar buen ejemplo, ¿no?

—Sí.

—Bueno, entonces... —respiró hondo—, dará mucho mejor ejemplo si se queda en Casper.

—No me voy a quedar en Casper. Creo que hay un barracón.

Dirigió la mirada hacia la construcción de madera junto al establo.

—¿Y? ¿Quiere que nos traslademos allí?

—No es necesario. Iré yo.

—¡No puede hacer eso!

—¿Por qué no? ¿También eso va a ser motivo de escándalo? ¿O es que allí ya vive alguien? ¿Quizás un violador de mujeres jóvenes, alto, moreno, guapo, soltero?

—Claro que no. Ahora no se usa, salvo en los días de recogida del ganado.

—¿Entonces qué problema hay?

—¡No puede dejarnos vivir aquí mientras usted se va a vivir al barracón! Usted es la jefa, maldita sea.

—Para lo que me está sirviendo.

Maggie se rió y se encogió de hombros.

—Bueno, ya que sabe cómo funcionan aquí las cosas, le dejo que decida dónde tengo que quedarme. Pero trate de decidirse pronto, ¿de acuerdo, Robert? Me trasladaré el sábado.

Así que Tanner se trasladó.

¿Qué diablos podía hacer?

No se fue del rancho. No presentó su dimisión ni se marchó a otro estado, que es lo que hubiera preferido. Todavía recordaba su promesa a Abby.

Pero la misma noche que Maggie anunció su intención de irse a vivir allí se dedicó, además de comprobar cómo estaba el ganado, a llevar sus cosas al solitario barracón.

Era húmedo. Lóbrego. Ev y Billy pensaron que estaba loco.

—Te morirás de una neumonía —le dijo Ev.

—Te ahogarás —dijo Billy.

Pero Tanner sabía mejor que ellos qué peligros había en su vida. Y corría más riesgos si pasaba mucho tiempo con Maggie MacLeod.

Ev le dijo que se estaba excediendo. Pero Ev no lo entendía, y Tanner no le iba a explicar, y mucho menos admitir, cuál era el problema.

Ya era suficientemente duro tener que admitir ante sí mismo la existencia del problema.

Maggie le recordaba a Clare.

Bueno, en realidad no a la propia Clare, ya que Clare era pequeña y rubia y de apariencia frágil. Sino a lo que sentía por Clare.

Pensó que esa atracción instantánea, capaz de tirar

a un hombre de espaldas, era algo puntual, producto de las hormonas adolescentes. Deseaba que fuese así.

No tenía la menor intención de volver a pasar por ello.

Pero, aunque se lo contara a Ev, éste no sabría de qué estaba hablando. Ev no había oído hablar de Clare. Tampoco Bates. Ni Billy. Ni nadie en los alrededores. Ni siquiera Abby.

Clare era esa parte del pasado de Tanner sobre la que intentaba no pensar. Su mayor riesgo. Su mayor fracaso.

Su ex-mujer.

Ex-mujer. Estuvieron casados tan poco tiempo que ya era difícil pensar en ella como su mujer, por no decir su ex. Especialmente si se tenía en cuenta que, en los últimos catorce años, había intentado no pensar en ella para nada.

Pero durante diez meses, cuando ella tenía diecinueve años y él apenas veinte, estuvo casado con ella.

Y la decepcionó.

Ella se comportó con amabilidad. Ni siquiera le culpó a él, aunque sabe Dios que debería haberlo hecho. Si hubiera tenido un mínimo de sentido común, no habría ocurrido nada de lo sucedido. Pero lo que habría necesitado no era un mínimo de sentido común, reflexionó una vez más, sino un preservativo.

Si no hubiera sido un chaval tan inexperto, si no hubiera sentido esa brutal necesidad de satisfacer su deseo carnal, Clare jamás se habría quedado embarazada. Podía recordar con total claridad la sensación que lo golpeó el día que ella se lo dijo.

—¿Embarazada? —casi se atragantó de la sorpresa.

Clare asintió, acurrucada contra la puerta de la furgoneta. Normalmente estaba guapa, con un aspecto fresco, siempre sonriente. Ahora parecía pequeña, aterida y asustada.

Tan aterida y asustada como él.

Quiso preguntarla si estaba segura de que fuera suyo, pero bastó una mirada para saber que no podía hacerlo. Además, pensó bruscamente, si hubiera la menor posibilidad de que él no fuera el padre, seguro que Clare se habría aferrado a ella. ¡Maldita sea, cualquiera era mejor partido que él!

Y estaba claro que él ya tenía bastantes responsabilidades sin tan siquiera pensar en aceptar una más. ¡O dos!

Su madre murió cuando él tenía siete años. Su padre les mantuvo juntos a duras penas, pero había muerto al caer de un caballo un año y medio antes de todo aquello. A los dieciocho años, Tanner tuvo que ponerse a trabajar como vaquero en una extensión media en el sur de Colorado, mientras intentaba llevar al mismo tiempo por el buen camino a sus dos impetuosos hermanos pequeños, Luke y Noah.

Se preguntó por unos instantes qué dirían cuando descubrieran que él mismo se había apartado del buen camino.

Alzó los ojos hacia Clare y vio que estaba llorando. Le entraron ganas de ponerse a llorar también. Pero un vaquero no llora. Él nunca lloraba, ni siquiera en el funeral de su padre.

—Eh —dijo suavemente—. Clare. Eh, no. No. Todo saldrá bien.

—¿Qué quieres decir? ¿Bien?

—Nos... —buscó desesperadamente una respuesta, una que le secara las lágrimas, que arreglara las cosas, que le hiciera sonreir— ...casaremos —dijo.

Clare se pasó una mano por los ojos.

—¿Lo dices en serio?

—Claro. ¿Por qué no?

Trató de parecer más convencido de lo que estaba.

—Pero creía... como ya tienes a Luke y a Noah... quiero decir...

—A Luke y a Noah les gustará —dijo—. Alguien más pequeño a quien decir qué hacer. Serán tíos.

¿Y él iba a ser padre? La idea seguía siendo como una sacudida. No parecía real.

—¿Estás seguro? —Clare estaba parpadeando, parecía más animada.

—Claro.

Quizás fuera lo mejor que podía pasar, se dijo a sí mismo. Luke y Noah necesitaban más estabilidad de la que él podía darles. Quizás Clare y él juntos...

—Estaremos bien, todos juntos. Tendremos un hogar.

Sonrió a Clare y se inclinó, besándola.

—Sí. Un hogar.

Así que se casaron. Reunió suficiente dinero para comprar un viejo remolque de quinta mano, y el jefe le dejó aparcarlo en sus tierras. Pero no había suficiente sitio para los cuatro, por lo que Clare y él vivieron allí, mientras que Luke y Noah se quedaron en un barracón cercano, otra amabilidad por parte de McGillvray, ya que los dos chavales se pasaban todo el día en el colegio y no tenía porqué alojarlos y alimentarlos.

Tanner se mostró agradecido. Estaba encantado de tener a Clare. Se volvió loco por ella la primera vez que la vio, fresca y guapa, sonriendo a los clientes de la ferretería Harrison. Tenía sueños, planes, esperanzas, y lo compartía todo con él. Quería ir a la universidad, quería ser enfermera, quería ver el mar, volar en avión. Él la escuchaba, asentía, sonreía, la besaba, la volvía a besar.

Ahora que estaban casados, se preguntaba si querría ser madre.

La Clare con la que Tanner terminó casándose no era la Clare por la que se moría desde que la conoció. Aquella sonreía tímidamente y se aferraba a su brazo cuando salían juntos. Aquella le había besado y le había dicho que era su hombre. Esta vomitaba todas las mañanas, lloraba por nada, le despertaba cada noche con sus vueltas y su insomnio y le gritaba que nunca estaba cuando le necesitaba. Sabía que el cuerpo de una mujer cambiaba durante el embarazo. Sabía que también cambiaba su estado de ánimo y su voluntad. Pero no era lo mismo conocer la teoría que comprender la práctica.

Lo intentó. Sabe Dios que lo intentó. Pero no podía

31

estar siempre allí, ¿verdad? Tenía trabajo. Andaban cortos de dinero. McGillvray había echado a varios hombres. Se compadeció de la situación de Tanner, alabó su voluntad de aceptar sus responsabilidades. Mantuvo a Tanner y ahora dependía de él. Los días eran largos y estaba claro que en aquellos días un vaquero no llevaba encima un teléfono móvil.

Por si el trabajo de Tanner no era un peso suficientemente pesado para su matrimonio primerizo, Noah se estaba saltando clases para domar potros. Sólo estaba en segundo curso, demasiado joven para dejar la escuela, y el director quería hablar con Tanner, lo más parecido a un padre para Noah, para que convenciera a su hermano para que se reformara.

Ni se le ocurría llamar a Luke. Luke, que siempre había sido el más cercano a su padre, no llevaba muy bien la muerte de Bob Tanner.

—¡A quién diablos le importa! —gritaba cada vez que Tanner intentaba hablar con él. Se pasaba casi todas las noches bebiendo y peleando y haciendo locuras como un desafío. Durante su breve matrimonio, Tanner tuvo que salir cinco veces en plena noche e ir hasta la ciudad para pagar la fianza de Luke.

No, no estaba allí cuando Clare le necesitó.

No estaba allí cuando nació el bebé.

No podía recordar exactamente dónde estaba. Sólo recordaba volver a casa tarde, una noche de abril, mucho después de la hora de cenar, y temiendo los gritos que oiría en cuanto abriera la puerta del remolque. Clare no estaba.

Tampoco había nada de cena, ni fría ni caliente. Sólo silencio.

Bendito silencio, pensó entonces Tanner.

Ahora recordaba avergonzado cómo disfrutó brevemente antes de preguntarse dónde habría ido. Después de un rato la buscó por fuera, la llamó, se encogió de hombros y achacó su ausencia a las extravagancias del embarazo. Quizás hubiera salido a pasear o a la casa del rancho, a charlar con la cocinera de McGillvray.

Tanner volvió dentro y se sirvió algo de jamón con judías directamente de la lata. Estaba acabándoselas cuando llamaron a la puerta.

Era Ned Carter, el capataz. Clare se había puesto mala, le dijo. McGillvray la había llevado al hospital.

Ni siquiera entonces pensó Tanner que podría perder el bebé. Sólo pensó que esperaba que, si había molestado a McGillvray, más le valía estar realmente enferma. Ya le debía lo suficiente a su jefe como para que su mujer comenzara a gritar histérica por la menor cosa. Pero no quería que McGillvray también tuviera que traerla de vuelta, así que le pidió a Ned la furgoneta e hizo los cincuenta kilómetros hasta el hospital más cercano.

McGillvray le esperaba en la puerta, preocupado y aliviado y triste al mismo tiempo.

Dio una palmadita en el juvenil hombro de Tanner.

—Me alegro de que por fin hayas venido.

Y antes de que Tanner pudiera disculparse por los problemas que Clare le hubiera ocasionado, McGillvray dijo:

—No sabes lo que siento lo del bebé.

Tanner dijo que también lo sentía. Pero en realidad estaba insensible. Perdido. Mareado.

El bebé había muerto. Su hijo. McGillvray le dijo que era un niño. Tanner no llegó a verle. Ni siquiera llegó a ver a Clare esa noche. Le dijeron que lo había pasado muy mal. La habían sedado y por fin estaba dormida. No la despertó.

Se fue a casa solo, con la mente curiosamente en blanco. Se despertó en plena noche y buscó a Clare a tientas. No estaba allí. Se acordó. Su hijo había muerto. Intentó sentir emoción, dolor, lástima. Se sentía vacío. Casi ligero. Como si hubiera rozado el desastre. Lo aterrorizó tanto que fue al baño y vomitó violentamente.

Jamás se lo contó a nadie. Evidentemente nunca se lo podría contar a Clare. Nunca podría explicarle cómo se sentía. Ni él mismo lo entendía del todo.

Tampoco la entendía a ella.

Ella lloró un poco al llegar a casa. Luego se fue apartando y calmando cada vez más y ya casi no hablaba con él.

Pensó que ella lo estaba soportando a su manera. Y dio gracias, porque él no podía ayudarla. Demonios, si apenas podía soportarlo él mismo.

Tan sólo podía trabajar y montar a caballo. Pasó más horas que nunca en el rancho. No se sentía bien. No era feliz. Pero se sentía mejor allí que enfrentándose a Clare noche tras noche en la estrechez de su remolque.

Fua hacia el final del verano cuando ella le dijo que había estado hablando con el dr. Moberly, el médico que atendió el parto.

—Está preocupado por mí —le dijo—. Dice que necesito salir de casa, ocuparme, hacer algo.

Probablemente tenía razón, pensó Tanner, pero no sabía qué sugerir. ¿Dónde diablos iba a ir, encerrada como estaba en pleno rancho?

—Cree que debería volver a estudiar —añadió.

—Genial —dijo, sintiendo más presión que nunca—. ¿Y te dijo cómo se supone que vamos a pagarlo? ¿Y cómo irías? Estamos a unos cincuenta kilómetros de la maldita universidad. Y dime, ¿te sugirió qué estudiar? —sabía que estaba siendo sarcástico. Sabía que se equivocaba, que la estaba lastimando y que no tenía derecho. No podía evitarlo. A él también le hubiera gustado volver a estudiar. Le hubiera gustado que alguien le ofreciera una solución a todos sus problemas.

—Me dijo que puedo trabajar de recepcionista para él —dijo Clare, tranquilamente—. Y sabes que siempre quise ser enfermera.

—¿Cómo vas a trabajar para él viviendo aquí? —preguntó finalmente.

—He pensado —dijo Clare lentamente, con cuidado—, que podría irme a vivir a la ciudad.

Tanner sintió en el estómago algo duro y pesado como el plomo.

Miró a Clare, la miró de verdad, por primera vez en meses.

—¿Es eso lo que quieres?

—Quiero estudiar para ser enfermera, Tanner.

—¿Y... nosotros? ¿Qué pasa con nosotros?

Clare se encogió de hombros, impotente.

—¿Quieres el divorcio?

Ella se retorció las manos.

—Creo... que sería lo mejor. Quiero decir, no es como si estuvieramos... Quiero decir, sé que sólo te casaste conmigo porque... por el bebé —tragó saliva y lo miró con los azules ojos llenos de lágrimas, y él pensó que rompería a llorar nuevamente—. Te estoy atando.

No sabía cuánto tiempo estuvo mirándola, sopesando esas palabras y sus propios pensamientos.

Quizás debió haber discutido con ella. No lo hizo. Recordó todas aquellas esperanzas y sueños que compartieron, los que aparcó tras quedarse embarazada. Recordó cómo era cuando la conoció, feliz, sonriente. Vio cuánto había cambiado, cuánto le había cambiado el haberse casado con él.

—Sí —dijo finalmente.

Y, desde entonces, nadie había estado tan cerca de atarle. Clare hizo lo que había dicho. Trabajó de recepcionista para Russ Moberly. Se graduó como enfermera. Y el verano pasado, Noah, que había pasado una noche en la ciudad camino de un rodeo, le dijo que se había casado con el doctor.

—Ya tienen dos críos —dijo Noah con su alegre y habitual falta de tacto—. Parece feliz. Esta vez creo que el matrimonio le sienta bien.

Probablemente era así, pensó Tanner. Ahora tenía el marido apropiado. Un marido que era el tipo de hombre que buscan las mujeres, el tipo en el que pueden confiar.

No como él.

Él no iba a pasar otra vez por eso. Jamás. Había aprendido la lección. Y nunca más se había sentido tentado por otra mujer casadera.

Hasta que apareció Maggie.

Capítulo Tres

El sábado por la mañana, Tanner estaba en la puerta del establo contemplando a Maggie conducir su Ford blanco con remolque.

Iba vestida con unos vaqueros y una chaqueta amarilla, lo suficientemente corta como para no tapar la curva de sus esbeltas caderas, para desgracia de Taner. Ella lo vio, sonrió y lo saludó, y él sintió un nudo en el estómago y cómo su cuerpo se ponía en guardia.

Adiós a toda esperanza de que su atracción por ella hubiera sido algo pasajero o fruto del golpe en la cabeza. Tanner levantó una mano y la bajó bruscamente, tomó aire y se dio la vuelta.

Billy y Ev, claro, salieron corriendo a recibirla, radiantes y sonrientes, felices como un par de vacas pastando. Tanner supuso que Bates también habría ido corriendo si no le hubiera enviado al amanecer a comprobar el estado de las vacas que estaban a punto de parir.

Miró hacia fuera una vez más mientras Maggie cruzaba el jardín, sonriendo a Ev y a Billy. Oyó la aguda voz de Billy, seguida de la risa de Maggie. La brisa matutina mecía sus cabellos rojizos.

Le gustaría acariciarlo con los dedos. Agarró su montura y la puso sobre la grupa de Gambler, apretó la cincha, colocó la brida, se subió a la silla y salió. Billy llegó corriendo.

—¡Tanner, ya ha llegado Maggie! ¿No vas a ayudarla a instalarse?

—No.

—¿Y eso?

—No me paga para eso.

Ella estaba en el porche con Ev, mirando a Tanner.

—Buenos días —dijo.

Él la saludó con un cortés gesto con la cabeza y siguió cabalgando.

—¿Qué le pasa? —preguntó Billy.

Ev soltó una risita.

—La primavera. Se le está alterando la sangre.

—¿Qué? —dijo Billy

Pero Tanner, sonrojado, espoleó a Gambler. Sabía muy bien a qué se refería Ev.

Era un adulto. Un capataz, por el amor de Dios. Un adulto responsable, capaz de ganarse la vida.

También estaba tan hambriento que sus tripas pensaron que le habían cortado la garganta. Se tumbó en la litera, escuchándolas, y se recordó a sí mismo que no era la primera vez que se saltaba una comida.

Se repitió por enésima vez que un hombre no necesitaba comer o cenar todos los días. No había un sólo vaquero que no soportara perder unos kilos.

Fue por eso por lo que no había ido a cenar a la casa, no porque no quisiera encontrarse con Maggie MacLeod.

—Sí, claro —murmuró Tanner. Y si era capaz de creerse eso, acabaría por creer esas bobadas sobre manantiales de limonada y montañas de regaliz.

De acuerdo, así que la estaba evitando, la había estado evitando durante toda la semana. No había nada malo en ello. Se estaba ganando el sueldo correctamente, como siempre había hecho. Y no necesitaba pedirle instrucciones cada cinco minutos a ninguna maestra de cara angelical. Tampoco habría ido a ver a Abby.

Claro, que habría visto a Abby todas las noches, en la cena.

Durante toda la semana había conseguido evitar a Maggie.

—¿A régimen? —le preguntó Ev, arrinconándolo en la cocina una noche cuando revolvía en los armarios en busca de comida.

—Los terneros no saben a qué hora se come —refunfuñó Tanner.

—Supongo que no —dijo Ev—. Maggie cree que trabajas demasiado. ¿Es eso?

—Claro —contestó Tanner.

—Me preguntaba qué sería —pero si acaso observó con curiosidad cómo Tanner se llevaba sus sandwiches al barracón, al menos no dijo lo qué pensaba.

Pero esa noche, otra noche de sábado, a una semana de la llegada de Maggie, Tanner se moría de hambre. Se debía a que no había desayunado, y mucho menos comido o cenado.

Se dirigía a la casa a desayunar cuando la vio sentada en la cocina. Normalmente cuando iba a la escuela, él podía entrar y salir antes de que ella bajara. Pero esa mañana, maldita sea, estaba allí, atareada en la cocina. No había rastro de Ev.

Llevaba puestos unos tejanos y una camisa verde de manga larga y Tanner se sorprendió de lo largas que eran sus piernas. Además tenían una forma preciosa. Se preguntó qué se sentiría al estar entre esas piernas.

Y fue entonces cuando comprendió que no podía entrar a desayunar. Se echó al monte tan rápidamente como pudo.

Ahora, quince horas después, se moría de hambre. Murmurando entre dientes, Tanner se levantó de la cama y se dirigió furioso hacia el armario, lo abrió y lo registró una vez más. Tenía que haber una lata de judías, un paquete de galletitas, alguna loncha de buey seco que alguien hubiera dejado por allí. ¡Lo que fuera!

No encontró ni una migaja.

En toda la semana no había tenido tiempo de ir a la ciudad a comprar provisiones. Durante la temporada de partos no es que tuviera demasiado tiempo libre, y no se había atrevido a pedírselo a Ev. Ev habría querido saber para qué necesitaba comida cuando la cocina estaba repleta.

Suspirando, puso la radio y agarró el último número del Diario del Ganadero, y volvió a tumbarse en la estrecha litera. Leería hasta que se apagaran las luces de la casa y todos se fueran a la cama.

Entonces podría deslizarse hasta la casa y prepararse un sandwich. O cuatro.

Le sonaron las tripas.

—Esperad —les dijo.

Unos inesperados golpes en la puerta le hicieron saltar. Por Dios, que fuera Ev, compadeciéndose de él y llevándole la cena. Era Maggie.

Con un movimiento ágil, puso los pies en el suelo y se sentó.

—¿Qué quiere?

—No coincidimos en la cena. Parece que llevo toda la semana sin coincidir con usted.

—No tenía apetito. Además, tengo trabajo. Y no siempre me deja libres las horas de comida.

—Quizás podríamos cambiar las horas de comida —sugirió ella. Llevaba el pelo recogido sobre la cabeza. Tanner veía las horquillas. Quería quitárselas.

—¿Qué quiere? —repitió, cortante. Se puso de pie y se dirigió a la ventana más alejada antes de darse la vuelta y mirar a Maggie.

—Me gustaría salir con usted mañana.

—¿Salir conmigo?

—No como si fuera una cita —se apresuró a decir —. Sólo quería decir... Ev dice que va a ver a las vacas todas las mañanas, y me gustaría ir.

—No.

—¿Qué quiere decir ese no?

—Lo que he dicho. Si salgo es para trabajar, no para guiar visitas de placer. No tengo tiempo para cuidar críos —cruzó los brazos sobre el pecho y la miró fijamente. Le sonaban las tripas.

—No tendría que cuidar críos —dijo ella suavemente.

—¿No? ¿Y cómo lo llamaría usted?

—¿Cuidar de la jefa?

Cerró la boca de golpe y comprendió que no tenía escapatoria.

—¿Así que va a abusar de su cargo?

39

—Bueno, al parecer pedírselo por favor no me está sirviendo de mucho —dijo con suave ironía—. ¿A qué hora empezamos?

La observó atentamente, se fijó en el color vivo de sus mejillas, el brillo de sus enormes ojos verdes, la suave fuerza de sus pechos y la atractiva curva de sus caderas, subrayada por los tejanos.

—¿Robert?

—¡Maldita sea!, le dije que mi nombre es...

—Tanner. Sí, ya sé. Muy bien, señor Tanner, le acompañaré por la mañana. ¿A qué hora empezamos?

—Saldré al amanecer.

—Estaré lista —comenzó a caminar hacia la puerta, pero se detuvo y se giró para mirarlo—. Abby nunca me dijo que fuera arisco ni difícil de llevar. ¿O es sólo conmigo?

—Lo siento —musitó—. Es sólo que... Tengo que... —pero era incapaz de explicarse—. Es una época de mucho trabajo —musitó finalmente.

—Bueno, no quiero hacérselo más difícil. Sólo quiero saber qué ocurre, aprender todo cuanto pueda acerca del rancho para no meter la pata —sonrió—. Ev dice que tiene miedo de que intente gobernar el rancho sin saber lo que hago. Dice que tiene miedo de que líe las cosas y le cree problemas.

—Ev habla demasiado.

—Sólo quería que estuviera enterada —dijo Maggie—. Pensó que podría suavizar las cosas entre nosotros.

Lo que suavizaría las cosas, quería decirle Tanner, sería que ella se volviera corriendo a Casper y se mantuviera muy lejos de él.

—¿Dijo algo más? —Tanner preguntó secamente.

Una sonrisa cruzó su rostro.

—Dijo que le hacía falta una mujer.

Tanner la miró boquiabierto.

Ella se rió.

—¿No cree que está haciendo de casamentero?

—¡Demonios que sí! —Tanner dió un puñetazo al armario, furioso, esperando que ella no viera el súbito ardor que cubría sus mejillas.

—Mataré a ese estúpido metementodo. Le...

—Entiendo —dijo Maggie con ligereza—. No tiene nada que temer.

Se volvió hacia la puerta, pero se detuvo nuevamente y lo miró por encima del hombro.

—Es una pena que no tuviera hambre. Comimos un asado sabrosísimo con guisantes y patatas hervidas. Estaba riquísimo. Quizás tenga más hambre a la hora del desayuno. Le veré entonces —pudo oir sus pisadas sobre las tablas de las escaleras, y luego desapareció.

Tanner agarró el Diario del Ganadero y lo tiró sobre la mesa, apagó la luz y se echó en la cama.

Le sonaban las tripas.

Tanner llegó a la casa antes del amanecer. Era más temprano de lo habitual, pero había mucho trabajo. Y si tenía que irse sin Maggie, pues mala suerte. Ella tendría que entenderlo.

Miró primero por la ventana, dándose ánimos por si ella ya estuviera allí. No estaba. Respiró tranquilo y abrió la puerta con el mayor sigilo, procurando no hacer ruido ni despertarla. Supuso que tendría que prepararse el desayuno. Ni siquiera Ev le esperaría tan temprano.

En un plato, sobre la sartén, encontró algo de beicon, aún caliente y crujiente. En otro plato había huevos revueltos y, en un tercero, un montón de panecillos calientes. También había cereales y compota de manzana, así como la habitual jarra de café bien cargado.

Tanner aspiró el aroma, le temblaban las rodillas por el hambre. Bendito viejo. Realmente se había superado, pensó Tanner, sentándose y disponiéndose a comer con ganas. Retiraba cualquier mal pensamiento que hubiera tenido sobre él.

Pero al parecer Ev no buscaba agradecimientos. No había rastro de él por allí. Da igual, pensó Tanner, aunque demostraba más prudencia de la habitual en Ev. Tanner había supuesto que se encontraría con miradas cómplices y algún que otro guiño.

Se terminó el beicon, los huevos y los panecillos. Se sirvió más compota de manzana y otra taza de café, mirando de reojo de vez en cuando hacia las escaleras, temiendo que en cualquier momento Maggie bajara por ellas.

No apareció.

Probablemente seguía dormida, pensó Tanner con media sonrisa. Todo ese jaleo sobre levantarse y acompañarle no había sido más que ganas de hablar. Después de todo, no debería haberse pasado toda la noche dando vueltas en la cama.

Llevó los platos a la pila, los aclaró, y los dejó en la encimera para que Ev los fregara más tarde. En las escaleras seguía sin haber ruido de pisadas. Se sentía más tranquilo a cada minuto que pasaba.

Se preguntó que haría ella si subiera las escaleras de puntillas, se asomara a su habitación y la despertara. Iría directo al desastre, se dijo a sí mismo con sequedad. El pensar en Maggie en la cama no ayudaba a solucionar su problema.

Apagó la luz y se dirigió a la puerta, se puso las botas y se subió la cremallera del chaquetón. Luego, aspirando una bocanada de aire limpio y frío, se encaminó al establo.

Maggie ya estaba allí.

Tanner maldijo entre dientes y echó un vistazo alrededor para ver si había alguna posibilidad de salir sin que ella lo viera. No había ninguna. Suspiró y se apoyó en la puerta para observar.

Había ensillado a Sunny, el alazán de diez años que Abby solía montar y, con una brida en la mano, intentaba meter el bocado en la boca del caballo.

—No te va a hacer daño —le decía al caballo—. Es un bocado muy suave. Lo he comprobado. De verdad. Anoche estuve leyendo algo sobre el tema.

Tanner movió la cabeza, entre divertido y sorprendido. Maggie volvió a acercarse al caballo, con la brida en alto, sonriéndole ampliamente, mostrándole los dientes y abriendo la boca y apreando los dientes.

—Abre —dijo—. Así.

Sunny separó los enormes labios.

—Así es, Sunny —le arrulló. —Así. Y ahora yo... —intentó deslizar el bocado entre los dientes. El caballo apartó la cabeza y apretó con fuerza. Maggie refunfuñó entre dientes.

Tanner se metió los dedos en los bolsillos delanteros de los tejanos.

—¿Por qué no intenta pedírselo por favor?

Maggie se volvió para mirarlo, con los ojos muy abiertos y las mejillas sonrojadas.

—Me temo que eso también lo he intentado —dijo Maggie, sonriendo—. Es tan inmune como usted. ¿Qué es lo que funciona?

—Saber lo que está haciendo —dijo sin nada de énfasis.

—Estoy segura de que sí. Pero Platón dijo que primero teníamos que hacer las cosas sin saber para, una vez hechas, saber cómo se hacen.

Tanner notó un ligero toque de tristeza en su voz y maldijo su brusquedad. Pero, diablos, sólo era supervivencia.

—¿Cree que Platón sabía mucho de caballos?

—No lo sé. Sólo sé que es todo lo que tengo, salvo que usted me enseñe —lo miró expectante bajo la tenue luz de la bombilla del techo.

Tanner tensó la mandíbula. Quería decir que no. Quería decirle que tomara su silla y su brida y todo su rancho y saliera de su vida. O, por lo menos, él sí quería alejarse de la de ella. ¿Por qué diablos le había hecho esa promesa a Abby?

Por fin se acercó a ella.

—Deme —le quitó la brida de la mano, con cuidado para no rozarla. Entonces, rápidamente y con destreza, colocó la cincha en su sitio, deslizó el bocado entre las quijadas de caballo, ajustó el seguro del cuello y le entregó las riendas—. Ahí tiene.

Se giró hacia su caballo y, con lo que deseaba que pareciera despreocupada indiferencia, comenzó a ensillar a Gambler.

—Gracias —dijo ella suavemente.

—No ha sido nada.

Claro que había sido algo, y mucho, pero ¿qué podía decir? Mirándola de reojo vio que, mientras le hablaba, Maggie le estaba quitando la brida a Sunny.

—¿Qué demonios está haciendo?

—Quitarle la brida para practicar.

—¿Qué?

—Le he visto hacerlo. No aprenderé si no lo hago yo —volvió a quitarle la brida, la dejó caer, la puso al revés, volvió a darle la vuelta y comenzó de nuevo. Él no dejó de observarla, indignado y desconcertado a la vez.

Esta vez colocó bien la cincha, pero el alazán apartó la cabeza cuando se le acercó con el bocado.

Instintivamente, Tanner hizo ademán de sujetarle la cabeza al caballo.

—No —dijo Maggie. Tanner vio la firmeza de su mandíbula, la determinación de su mirada, y dejó caer el brazo.

—Bien. Hágalo usted.

Lo intentó. Se desenvolvía con torpeza.

Apretó los puños para reprimir las ganas de ayudarla.

—Háblele con firmeza —dijo—. Y no dude. Si lo hace, verá que le tiene miedo.

—No le tengo miedo.

—Dígaselo a él, no a mí.

—Lo estoy intentando —Maggie miró a Tanner con dureza, pero, al ver su sonrisa, sonrió también. Él apartó la mirada.

—Vamos, Sunny —lo mimó—. Jugamos en el mismo equipo, y Robert se está riendo de nosotros.

Y metió el bocado entre la dentadura de Sunny. A medio camino entre el triunfo y la sorpresa, estaba deliciosamente radiante.

—Qué caballo más listo. ¡Lo conseguí! —se giró hacia Tanner con las mejillas encendidas.

Estaba tan radiante que él dio un paso atrás.

—Como dije —refunfuñó él—, sólo hace falta mostrarse firme. Demostrarle quién es el jefe.

Maggie se rió.

—Recuérdelo.

Se volvió y terminó de ensillar a Gambler, trabajando rápida y mecánicamente, apretando la correa y la cincha. Le puso la brida y lo llevó hacia la puerta del establo.

—Vamos. Estamos perdiendo el tiempo. ¿Sabe montar, o también piensa aprender hoy?

—Sé montar.

Tanner la miró dubitativo pero, se montó en Gambler y se dirigió al oeste.

—¿Por qué no da de comer hoy a las vacas?

—Pueden apañárselas solas. Hay pasto. Ya no está nevado. ¿Ve?

—¿Les da de comer casi todos los días?

—Sólo si está nevado.

—¿Con qué frecuencia les da de comer?

—Con demasiada.

Ella sonrió y él se sintió, inexplicablemente, como si hubiera dicho algo inteligente. Lo había estado friendo a preguntas desde que salieron. Al principio sus respuestas fueron secas. Pero, ante su insistencia, se fue extendiendo más. Y ella lo seguía a cada sitio que iba, soportando el fuerte viento del oeste al mirar por encima de su hombro, metiendo la nariz en todo lo que hacía, queriendo saber cosas que, según pensaba él, hasta un colegial sabría.

Pero no tardó mucho en ver que ella no las sabía.

—¿Cómo? —preguntaba con curiosidad—. ¿Por qué? Si está a punto de parir, ¿por qué nos vamos? ¿Por qué la dejamos sola?

—Echaremos un vistzo al volver —prometió Tanner. La vaca tenía aspecto de parir pronto. Y podía ser rápido. Era primeriza. Tendría mucho tiempo para mostrarle el rancho a Maggie y volver luego para encargarse de la vaca.

—¿Está seguro de que todo irá bien?

—No le pasará nada —le prometió.

—¿Cuándo planta el heno? —preguntó.

Estaba sorprendido de que escuchara sus respuestas. Se fijaba demasiado en todo cuanto decía, pensó irónicamente a medida que avanzaba la mañana. Y no podía evitar sentirse halagado, aunque no quisiera. Le habló de la recogida del heno, aunque reconoció que preferiría estar en cualquier sitio a sentarse en el tractor.

Demonio, pensó, disgustado consigo mismo, hacía años que no hablaba tanto.

Le sugirió que regresara a casa sola cuando terminara. Quería volver a ver a la vaca que había dejado pastando. Pero Maggie insistió en ir con él. Se estaban entreteniendo más de lo que él había pensado, sobre todo porque no había parado de hablar. Y con una sóla mirada se dio cuenta de que sería la vaca quien pagara las culpas. Desmontó apresuradamente, maldiciendo entre dientes su estupidez.

—¿Qué pasa? —Maggie desmontó también.

—Tenía que haber estado aquí —se sentó en cuclillas detrás de la vaca, que estaba tumbada sobre el suelo nevado, agotada y pariendo.

Maggie se acercó y se quedó de pie, detrás de él.

—Creí que había dicho que podría arreglárselas sola.

—Y podía —murmuró —. Ya no.

—¿Puedo ayudar? —se arrodilló detrás de él.

—Apártese. Quédese junto a los caballos.

Las contracciones estaban pasando ya. Necesitaba comprobar el estado de la vaca, la postura del ternero, ver si estaba vivo y todavía podía salvarlo. Debería haberla visto antes. Pero entonces no quiso ponerse a ello. Había algo muy físico y básico en un parto.

No había querido enfrentarse a ello delante de Maggie. Y ahora no tenía elección.

Se quitó los guantes y comprobó la postura del ternero, temeroso de lo que podría encontrarse, y lo que encontró no le sorprendió.

En el parto ideal, la cabeza y patas delanteras del ternero están en la postura perfecta para salir al mundo. Pero si éste hubiera sido uno de ellos, ya habría aparecido el ternero. Lo único que Tanner notaba al palpar era un lío de patas. Murmuró entre dientes.

—¿Qué pasa? —Maggie había vuelto, y estaba de pie detrás de su hombro.

Sopesó sus opciones. Había una gran posibilidad de que, por mucho que lo intentara, ni la vaca ni el ternero sobrevivieran.

Había estado pariendo más tiempo del que él creía. Todo el lubricante natural con el que contaba para que el ternero saliera más fácilmente se había secado hacía tiempo. Tampoco era una vaca grande. Con algunas era fácil darle la vuelta al ternero para el parto. Con ésta no sería fácil.

Una de las patas del ternero le golpeó débilmente en los dedos y, mientras hubiera esperanza de sacarlo vivo, sabía que tenía que intentarlo. Se levantó y fue a por su cuerda. Maggie lo observaba, pero no decía nada. Hizo un nudo corredizo en la soga y esperó a que terminara la contracción. La vaca soltó un débil quejido de dolor.

—Seguro que eso la hace daño —Maggie miraba a Tanner con pena, con los ojos muy abiertos, mientras él metía la cuerda.

—Será peor si no puedo sacar al maldito ternero.

La vaca volvió a tener contracciones, retorciéndole el brazo a Tanner. La diminuta pezuña volvió a golpearle la mano, esta vez más fuerte.

La vaca movió la cabeza, haciendo fuerza.

Maggie se arrodilló en la mezcla de nieve y hierba y lodo, acariciándole el cuello a la vaca.

—No pasa nada, Susie —la arrullaba con dulzura—. Todo saldrá bien. Ya verás.

—¿Susie? — Tanner alzó la vista, encontrándose con la de ella.

Sus miradas se cruzaron. Ella se sonrojó, casi desafiante.

—¿Por qué no? Supongo que no tiene nombre.

Él negó con la cabeza.

—Entonces la llamaremos Susie. Así es más personal. Así sabrá lo mucho que nos preocupamos y que estamos intentando ayudarla.

—Como quiera —murmuró.

Las contracciones se iban espaciando. Buscó a tientas con la soga, intentando pasarla por las dos patas delanteras y sacarlas antes de la siguiente contracción.

Juntar ambas patas sólo era el primero de todos los problemas. Luego tenía que girar al ternero, todo esto rogando para que la cabeza saliera hacia delante, no echada hacia atrás.

Cada contracción le obligaba a esperar, a apretar los dientes por la fuerte presión que sentía en el brazo, a rogar para que no se perdiesen los progresos que iba haciendo.

Y cada vez que terminaba una contracción, intentaba agarrar al ternero por la cabeza o por el hombro, intentaba ponerlo en línea con las patas, mientras con la otra mano seguía tirando de la cuerda.

Apenas era consciente de Maggie. Estaba arrodillada en el estiércol, calmando a la vaca, susurrando a su oído, acari ciándole el lomo con las manos enrojecidas, lentamente, siguiendo el ritmo de las contracciones.

Tanner notó que la cuerda comenzaba a deslizarse y soltó una maldición al perder su extremo.

—Tiraré yo.

—No puede...

Maggie se retiró de la cara un mechón de cabello, manchándose la mejilla con lodo.

—Es mi vaca, ¿no? Menuda ranchera sería si me quedara sentada y la dejara morir.

—De acuerdo. No deje de tirar suavemente, como hacía yo, y pare cuando se lo diga.

Maggie asintió. Se puso de pie y pisó con firmeza, y empezó a tirar. Él veía sus botas nuevas, llenas de estiércol y sangre, pisando el lodo con firmeza a pocos centímetros de su brazo. Terminó una nueva contracción. Deslizó su mano por detrás del cuello del ternero, presionando para ponerlo en línea con las patas delanteras. Notó el movimiento.

—Sí... —la palabra sonó como un silbido entre sus apretados dientes. Le temblaba el brazo. Una nueva contraccón volvió a cortarle la circulación del brazo.

—¡Pare!

Magie se detuvo. Esperaron, inmóviles, respirando con fuerza, hasta que Tanner dijo de nuevo.

—Ahora —y empezó a empujar lenta y continuadamente mientras Maggie tiraba.

Y esta vez el ternero salió.

La cabeza y las patas delanteras aparecieron, junto con la mano de Tanner. El resto del ternero salió poco después y él lo sujetó y lo depositó en el suelo lleno de lodo.

Maggie dejó caer la cuerda y se arrodilló a su lado.

—¿Está...? —su voz sonaba ahogada y estaba pálida.

Tanner no contestó. Se acurrucó sobre él y le abrió la boca y esperó. Nada. Se inclinó y le dio aliento, hizo que le entrara aire en los pulmones. Lo hizo otra vez. Y otra vez más.

No emitía sonido alguno. Luego se atragantó. Las cuatro patas se movieron. Abrió un ojo y luego el otro.

—¡Está vivo! —gritó Maggie, feliz. Rompió a reir. A gritar de alegría. Se acurrucó y besó la enmarañada cabecita. Entonces miró a Tanner con sus ojos verdes refulgentes.

—¡Lo has conseguido! ¡Oh, Robert! ¡Lo has conseguido! —y se lanzó en sus brazos y lo besó.

El ímpetu tiró a Tanner de espaldas. Levantó los brazos y la rodeó. Soltó todo el aire de golpe.

Su calor y su peso le despojaron de toda la coherencia que el impacto no había conseguido arrebatarle. Sólo le respondían su cuerpo y sus labios. Los de ella eran cálidos y húmedos. Los de él estaban hambrientos. No pudo reprimirse. Hasta ahora sólo le podía proteger la desesperación. El sentido común voló.

Cuando sus labios se rozaron, él la besó.

Hacía años que no besaba así a una mujer. Catorce largos, hambrientos, solitarios años. Había estado con mujeres desde que se divorció de Clare. Pero fueron pocas, y ninguna le había prometido algo más que una noche de satisfacción.

Maggie sí, y él lo sabía.

Esa idea le asustó. Apartó la cabeza, la tomó por los brazos e intentó quitársela de encima.

Maggie se echó hacia atrás, tenía la cara ardiendo. Pero seguía sentada sobre él, y él podía sentir la presión de sus piernas. Intentó incorporarse, pero sólo consiguió empeorar las cosas.

—¡Oh! —se apartó y él se levantó, se dio la vuelta y se ajustó los pantalones— Lo... lo siento —dijo Maggie con voz muy frágil.

—Está bien.

No estaba nada bien. Era horrible. Se estaba tan a gusto con ella encima, con sus pechos contra el suyo, sus labios sobre los de él... Se estiró y recogió el sombrero del estiércol, poniéndoselo.

Se arrodilló y bajó la cabeza, alargó los brazos para tomar al ternero y lo acercó a la cabeza de la vaca.

Ésta sacó la lengua y lo lamió con cautela. El ternero emitió un sonido y la acarició con su hocico.

—Amor maternal —dijo Maggie con dulzura.

Tanner asintió. Recogió la cuerda, se ajustó el sombrero, se puso en pie y se dirigió hacia el caballo. Maggie comenzó a seguirlo, pero se volvió.

—Míralos, Robert. Míralos —dijo Magie—. ¿No es maravilloso?

Y la felicidad de su voz hizo que él se girara a mirar, primero a la vaca y al ternero, y luego, incapaz de reprimirse, a ella. Estaba sucia y despeinada, y con las huellas del sonrojo en sus mejillas, se la veía radiante: la mujer más bella que jamás había visto, incluyendo a Clare.

—Maravilloso —refunfuñó Tanner, y se volvió desesperado hacia su caballo.

Capítulo Cuatro

—Esa chica se esfuerza muchísimo —dijo Ev, mientras ayudaba a Tanner a poner ripias nuevas en una gotera del tejado del barracón. Estaba encaramado en lo alto de la cumbrera, contemplando cómo Bates le enseñaba a Maggie a herrar un casco de caballo.

Tanner gruñó, pero no le quitaba ojo.

—Yo creo que Abby hubiera estado orgullosa de cómo se desenvuelve.

Tanner seguía martillando.

—Creíamos que tendría mucho trabajo, todo el día dando clase a esos críos. Pero, en cuanto me doy la vuelta, ahí está ella, siempre atareada. Diablos, todos los días se levanta al amanecer para preparar el desayuno. Es...

—¿Qué quieres decir? ¿Es ella quien prepara el desayuno? Todas las mañanas te veo fregar los platos. Y ella sigue arriba.

—Eso es porque baja primero, hace el café y la masa de los panecillos, y pone el beicon en la sartén mientras me afeito. Luego ella sube a ducharse y yo friego los cacharros.

—Está haciendo tu trabajo —gruñó Tanner.

—Ya lo sé. Se lo he dicho. Pero dice que le gusta.

—El fin de semana pasado... cuando se vino conmigo... ¿fue ella quien preparó el desayuno?

—Sí. Me dejó dormir.

—No deberías permitírselo —Tanner estaba indignado.

Ev sonrió.

—Díselo a ella. Yo ya lo he intentado. Dice que la jefa es ella.

Tanner puso una ripia y la clavó de un solo golpe.

No sabía qué importancia podía tener que Maggie preparara el desayuno. Sólo era comida. ¿Qué importaba quién la preparara? Viéndolo fríamente, no había ninguna diferencia. Pero en el fondo sí que importaba. Era como si estuviera cocinando para él.

No quería que hiciera cosas para él. Le ponía nervioso.

—Supongo que lo siguiente será querer marcar los terneros —dijo Ev con una risita—. Ayer estuvo hablando con Den Baker sobre cuándo deberíamos reunir el ganado.

—¡Eso es cosa mía!

—Pero el rancho es suyo —le recordó Ev—. No estaba tomando ninguna decisión, Tanner. Sólo preguntaba. Dijo que esperaba que sus hermanos estuvieran aquí por entonces. Tienen tiempo libre en Pascua.

Más problemas.

—Lo último que necesitamos es un par de novatos entorpeciendo las cosas.

—Maggie no está entorpeciendo las cosas.

—Ah, ¿no? —le dieron ganas de preguntar. Clavó otra ripia.

—Supongo que ya le habrás invitado a salir contigo —dijo Ev, mirándolo de reojo.

—¿Por qué demonios iba a hacerlo?

—¿Es que te has vacunado contra las mujeres bonitas?

—Es mi jefa.

—Eso no significa que no te hayas fijado en ella —Ev sonreía burlón—. Y supongo que a ella tampoco le importaría.

—¿Qué demonios estás diciendo?

—Lo de ser la jefa. Creo que también te ha echado el ojo.

—¡Arg! ¡Demonios! —Tanner se metió el dolorido pulgar en la boca.

Ev se reía como un loco.

—Te tiene pillado, ¿no? Por mucho que intentes

actuar como si lo fueras, no eres un novillo, Tanner. Maggie es una preciosidad de mujer, y le gusta la vida en el rancho. La mejor combinación posible. Así que... ¿a qué esperas?

El martillazo que Tanner dio en el tejado resonó con fuerza.

—¡Métete en tus malditos asuntos!

Ev se limitó a sonreir.

—No quiero que me aten —dijo Tanner más suavemente, tras unos instantes—. Ni ella, ni nadie —y añadió imprudentemente, sabiendo que para Ev el mundo se centraba en Abby Crumm—, si Ab hubiera pensado que iba a ligar con su heredera, me habría echado en lugar de hacerme prometer que me quedaría.

—¿Eso crees? —Ev le lanzó una mirada por encima de las gafas—. Bueno, nuestra Ab no era ninguna estúpida. Pero tú sigue engañándote, si quieres.

Tanner se removió inquieto, se ajustó los tejanos, y, con el tacón, tiró el martillo al suelo.

—¡Demonios!

Ev se rió de él.

No tenía gracia. Ni una pizca. No quería que le pasara eso, no quería tener esa tentación, la distracción que Maggie le suponía. Pero, aunque intentaba evitarla, no funcionaba. Estaba allí donde fuera.

Igual que Ev, había supuesto que el trabajo de maestra le habría dejado poco tiempo para entrometerse en su vida.

No había contado con que una tarde, cabalgando, se encontraría a Maggie y a cuatro alumnos de tercero agachados junto a un pesebre en el establo.

—¿Que diablos... quiero decir, diantres, están haciendo?

Maggie alzó la vista y sonrió. Incluso ahora, siempre que lo hacía, él sentía como un puñetazo en el estómago.

—¿Puede creer que algunos de mis niños nunca han

visto una vaca de cerca, incluso en Wyoming? Quería enseñarles a Grace.

Tanner reprimió un gruñido. Por Dios, Grace era una becerra. Una becerra huérfana que había encontrado, gimoteando junto a su madre muerta, durante la tormenta de nieve del domingo pasado. Intentó que otra vaca la acogiera, pero como ninguna había perdido un ternero, no hubo suerte. Así que la trajo echada sobre la montura.

Maggie se hizo cargo de ella, y la llamó Grace.

—Porque fue la gracia de Dios lo que hizo que la encontrara y la trajera a casa —le dijo a Tanner muy seria, con sus enormes ojos verdes llenos de luz, arrodillada en el suelo del establo mientras alimentaba a la becerra.

Volvía a parecer un ángel.

—Como quiera —murmuró él, retirándose apresuradamente.

Desde entonces, cada vez que volvía al establo, parecía que Maggie estuviera siempre allí dando de comer a Grace. Y ahora estaba sentada en un círculo con un grupo de niños de ocho años, mientras Billy les enseñaba el balde con la tetilla, demostrándoles cómo le daba de comer. Ev siempre había dicho que los profesores de Billy nunca pudieron sacarle una palabra. Tendrían que verlo ahora, pensó Tanner.

Estaba desensillando a Gambler cuando se le acercó Maggie. Dio un paso atrás: su cercanía todavía le ponía nervioso.

—Grace es todo un éxito —sonrió, y miró hacia donde Billy ayudaba a una de las niñas a darle el biberón a Grace—. La adoran.

—No hace falta que la den de comer día y noche.

—Vaya, sí que está gruñón esta tarde —bromeó—. ¿Se ha levantado con el pie izquierdo?

—Ya es bastante suerte que pueda llegar a acostarme —las últimas cuatro noches las había pasado atendiendo a las vacas que estaban de parto.

—¿Quiere que contratemos a alguien para que le ayude?

—Sería tirar el dinero. Puedo hacerlo yo solo. De todas formas, parece que esta noche no se va a poner de parto ninguna, así que podré descansar.

—Bien. Puede acompañarme a llevar a los niños a Casper.

—¿Qué? ¡No puedo hacer eso!

—¿Por qué no? Me gustaría tener la oportunidad de sentarme y hablar con usted sin que nos interrumpan.

—No, yo...

—La verdad es que, desde que me instalé, no hemos tenido ocasión. Usted ha estado muy ocupado, y yo también. Pero esta noche...

—¡No puedo! —dijo Tanner, desesperado—. Tengo que... tengo que... tengo que limpiar el estiércol del establo.

—Le ayudaré a limpiar el establo cuando volvamos.

—¡No!

Maggie ladeó la cabeza.

—¿Sabe, Robert? —dijo, torciendo la boca mientras lo miraba a los ojos—, por el modo en que me evita, podría sacar la conclusión de que me tiene miedo.

—¡No le tengo miedo!

—¿De verdad? Pues demuéstrelo.

Debería haber rechazado el desafío. Maldita sea, su hermano Luke era el que aceptaba desafíos, no él.

Pero, ¿qué otra cosa podía hacer después de ver a Maggie levantar la barbilla con esa sonrisa de complicidad? Tenía muy claro que no iba a dejar que pensara que estaba asustado.

Montaron en la furgoneta grande, donde los niños tenían sitio de sobra después de poner el asiento. También le daba espacio de sobra a él en el asiento delantero, al menos mientras Maggie no hiciera una estupidez como sentarse junto a él.

En cuanto pensó en esa posibilidad, miró hacia ella. Pero estaba de espaldas, hablando con los niños en la parte de atrás, preguntándoles qué pensaban de haber dado de comer a Grace, y se sintió más relajado.

Le gustaba oírla hablar con los críos. No se mostraba paterna lista, como la mayoría de los profesores que había tenido. Y tampoco les daba órdenes a gritos. Parecía realmente interesada en ellos. Y ellos también estaban interesados en ella. A Tanner le pareció que se lo sabían todo acerca de su vida. Acerca de sus padres y hermanos, y de los lugares donde había vivido en su juventud.

—¿Qué prefiere, esto o la selva? —preguntó uno de los niños.

—Oh, esto —dijo Maggie—. Pero la selva era muy interesante. Deberías conocerla.

El niño abrió los ojos a tope.

—¿De verdad cree que es posible?

—Si lo deseas lo suficiente... —dijo Maggie.

—¿Igual que usted deseaba un hogar? —preguntó una de las niñas.

—Igual, Dena —dijo Maggie—. Tuve la suerte de que la señorita Crumm me honrara con su generosidad, claro. Pero habría creado un hogar allí donde me hubiera instalado. Y ella me permitió que fuera aquí.

—¿Cuánto tiempo se quedará? —preguntó el niño.

—Toda mi vida, espero.

—¿Usted también se quedará, señor Tanner? —preguntó.

—Yo no —dijo Tanner.

—¿Y eso? —el niño se inclinó en el asiento para mirar a Tanner— ¿No le gusta la señorita MacLeod?

—Claro que me gusta —dijo Tanner, apretando el volante con fuerza. De repente parecía como si la furgoneta se hubiera hecho más pequeña.

—¿Entonces por qué se va a ir?

—Porque eso es lo que quiero hacer —lo que necesito, gritó mentalmente.

—¿Sabe lo que pienso? —dijo Dena—. Creo que debería casarse con ella.

Tanner volvió la cabeza con tanta rapidez, que casi se salió de la carretera. Maggie se tapó la boca con el puño para reprimir una sonrisa, y luego se giró hacia Dena y dijo suavemente:

—Creo que es mejor que eso lo decidamos el señor Tanner y yo, Dena.

—Sólo era por hablar. ¿No quieren casarse?

—Sí —dijo Maggie.

—No —dijo Tanner.

Maggie lo miró por un instante antes de volverse hacia Dena.

—¿Lo ves? —dijo con ligereza— No funcionaría. Vamos, fijáos por dónde se está poniendo el sol. ¿Quién puede decirme en que dirección vamos?

Siguió hablando con ellos hasta que se bajaron todos, y en la furgoneta sólo quedaron Taner y ella.

—Siento lo de antes —dijo ella, cruzando las manos sobre su regazo—. No creí que fueran a hacer de casamenteros.

Él se encogió de hombros.

—No importa —esperaba que no se diera cuenta del sonrojo que seguramente aún cubría sus mejillas. Puso la furgoneta en marcha—. ¿Necesita hacer más compras antes de volver a casa?

—Algunas cosas —dijo Maggie—. Y luego le invitaré a cenar.

Él se quejó. Pero ella hizo valer su cargo. Él gruñó. Ella se rió.

—Creo que me está empezando a gustar esto de ser «jefa». Acompáñeme a la tienda de ultramarinos.

Esta vez no discutió. No veía qué daño podía hacerle el acompañarla a los ultramarinos. Lo cual vino a demostrar lo corto de miras que era.

Era como estar casado con ella. Quizás sólo era que tenía el matrimonio metido en la cabeza por lo que había dicho Dena. Pero no podía evitarlo.

La gente casada iba a la compra juntos.

Se acordó de cuando lo hacía con Clare. Recorrían juntos los pasillos y, mientras él empujaba el carrito, ella escogía las cosas en los estantes, mirándolo de vez en cuando buscando su aprobación. Maggie lo hacía ahora: le pedía su silenciosa aprobación acerca de un paquete de arroz y judías. Hizo que se le revolvieran las tripas.

Empujó el carito hacia ella.

—Creo que necesito aire fresco —dijo, y se dirigió rápidamente hacia la salida.

Estaba fuera, andando de un lado para otro, sintiéndose como un idiota, cuando salió Maggie diez minutos después y se disculpó.

—Siento haber tardado tanto. Pero le compensaré. Sé de un sitio donde se cena muy bien.

De nuevo intentó convencerla de que no hacía falta que salieran a cenar. Una vez más, ganó ella.

—Tenemos que hablar. Si vamos a trabajar juntos, tenemos que conocernos.

—De acuerdo. Venga. ¿Ha pensado en algo?

Sí había pensado. Su elección le sorprendió. Le indicó que saliera de Casper y se dirigiera al norte por la autovía, hacia Kaycee.

—Es genial. Tienen los mejores burritos con chile del mundo —dijo.

—Ya lo sé.

Su respuesta hizo que parpadeara, riendo.

—Claro. ¿Por qué será que creo que soy la primera en descubrir estos sitios?

De hecho, él había comido allí muchísimas veces. Y Maggie tenía razón: tenían los mejores burritos con chile que había comido en su vida. Pero, en cierto modo, esa noche sabían incluso mejor.

Era por Maggie. Tanner lo sabía. También sabía que no debía disfrutar, que era muy peligroso bajar la guardia ante ella, aunque fuera sólo por una noche. Pero parecía no poder evitarlo. Su entusiasmo le hacía sonreír a su pesar. Todos la conocían. Todos la saludaban con un comentario y una sonrisa. También le sonreían a él.

—Menuda belleza te has conseguido, ¿eh, Tanner? —le dijo una camarera.

Abrió la boca para negarlo, pero no pudo. Después de todo, era cierto. Se encogió de hombros, mirando a

Maggie. De momento, ¿por qué no seguir el juego? Después de que la camarera les tomara nota, Tanner le preguntó.

—¿Viene mucho por aquí?

—Una de las camareras es la madre de uno de mis niños. Casi nunca tiene tiempo de venir a las reuniones por la distancia que tiene que recorrer, así que paso por aquí al volver a casa y me da de comer y hablamos —levantó una ceja—. ¿Cree que hay conflicto de intereses?

—No lo sé —dijo Tanner, muy serio—. Depende de si mejoran las notas del crío.

Maggie se rió.

—Ojalá fuera así —bebió un sorbo de la cerveza que la camarera había dejado frente a ella—. ¿Fue usted buen estudiante, Robert?

—Tanner —la corrigió—. No, no lo fuí.

—Yo tampoco. Nos mudábamos demasiado. Y luego, cuando tuve que volver a América para ir al instituto, eché muchísimo de menos a mis padres y hermanos. Les escribía cartas todo el tiempo. No estudiaba nunca.

—Seguro que lo hizo muy bien —dijo tras unos instantes—. Ahora es profesora.

—Porque trabajé duramente y porque lo deseé.

—Tiene suerte de haber ido a la universidad.

—¿Usted no?

—No —no pensaba decir nada más, pero ella no preguntó nada, se limitó a mirarle expectante, por lo que él tuvo que añadir—. No es que no quisiera. No había suficiente dinero cuando terminé el instituto. Ahorraba lo que podía de lo poco que ganaba, pensaba que quizás el año siguiente. Pero entonces murió mi padre.

—¿No le dejó nada en herencia?

—Sí, claro, hubo herencia. Me dejó a mis hermanos. Tenían diecisiete y quince años.

Maggie silbó entre dientes.

—Tuvo que ser tan difícil para usted... ¿Cómo se las apañó?

—A duras penas —y esta vez le daba igual cuánto

tiempo la tuviera esperando: no pensaba hablar más de ese tema.

Maggie sonrió.

—Lo dudo. Me da la sensación de que es un hombre muy capaz. Muy responsable.

—Lo intenté —murmuró Tanner. No tenía porqué saber cómo había fracasado.

—¿Qué hacen ahora?

—Luke, el mayor, está en California. Es el doble de acción de Keith Mallory.

—¿Keith Mallory? —Maggie abrió los ojos a tope al oír el nombre de uno de los actores jóvenes más famosos de Hollywood.

—Luke es todo cuerpo —dijo Tanner con ironía—, y nada de sentido común. ¿Sabe qué tipo de películas hace Mallory?

Maggie asintió. Esas películas prácticamente tenían sólo acción, peleas de bar y persecuciones en coche y a caballo.

—Bueno, Luke y él son tal para cual, porque no hay una sola acrobacia con la que Luke no se atreva.

En aquel momento, la camarera les trajo sus burritos y dos cervezas. Maggie probó un bocado antes de preguntar:

—¿Y el otro? Supongo que será técnico en cohetes.

—¿Noah? Nada parecido. Es jinete de rodeos. Y condenadamente bueno. Lleva cinco años seguidos yendo a la FNR.

—¿FNR?

—La Final Nacional de Rodeo. Se celebra en Las Vegas todos los años, en diciembre. Sólo consiguen ir los quince que han ganado más dinero. Como decía, es bueno.

—Debe de estar muy orgulloso de ellos.

—Supongo que se puede decir que han salido adelante —no había porqué contarle que para ninguno de ellos había sido un lecho de rosas.

—¿Podré conocerlos?

—No les veo mucho, pero a veces me llaman. Supongo que les da pena que me haya quedado atrás —se alzó de hombros y bajó la cabeza, concentrándose de nuevo en su burrito. No estaba acostumbrado a hablar tanto. Quizás fuera la cerveza. O quizás se tratara de que era fácil hablar con Maggie. Demasiado fácil.

Cambió de tema.

—¿Y sus hermanos?

Y ella le habló de sus hermanos. Le habló de Duncan, el mayor, que se estaba doctorando en Geografía en la universidad de Colorado, y sobre Andy, que seguía estudiando en Wyoming.

—No sabe qué quiere hacer —dijo finalmente a Tanner, después de haber descrito algunas de sus mayores locuras—. No va muy bien en los estudios. Creo que le gustaría el rancho. No deja de decirme que le gustaría ser vaquero.

—Un hombre juicioso.

—Estoy segura de que estará encantado cuando se lo diga. Vendrá este fin de semana.

Tanner lo había olvidado. Buena muestra de lo mucho que se había suavizado por la buena comida y la bebida era que no notaba que surgiera dentro de él una de sus habituales quejas. Se terminó su burrito y apartó el plato. La camarera le sirvió café y él se llevó la taza a los labios, se recostó en la silla y dio un sorbo.

Seguro que no le haría daño mirarla. No estaba intentando ligar. Eso lo tenía claro. Pero por esta vez, durante un instante...

Maggie levantó la vista y lo vio observándola.

—¿Tiene prisa?

Él negó con la cabeza.

—Hábleme de la selva donde creció.

Eso hizo, hablando tranquila y emotivamente de sus años de juventud. Al escucharla, Tanner podía imaginársela de niña, toda rodillas huesudas y sonrisas de entusiasmo, y de joven, volviendo a Norteamérica, con un entusiasmo más cauto y una mirada más precavida. Podía ver todas esas cosas y más en la mujer que había llegado a ser.

Maggie bebió un sorbo de café.

—Estoy hablando demasiado.

—No —podría haberla escuchado durante horas.

—Pero tenemos que limpiar el establo, ¿recuerdas? —le sonrió, tuteándolo por primera vez.

—Olvídate del establo. Haré que Bates me ayude por la mañana —la tuteó él también.

—Bueno, de todas formas deberíamos irnos. Tenemos que levantarnos temprano.

Él sabía que no quería decir lo que él entendió. Sabía que era sólo su imaginación la que los estaba uniendo. La camarera trajo la cuenta. Maggie intentó tomarla. Tanner se adelantó.

—He invitado yo —se quejó Maggie.

—Mala suerte —fue como si el mirarla durante un breve instante se hubiera convertido en... deseo. Era como dejarse llevar por la fantasía de que en realidad había tenido una cita con Maggie MacLeod.

Claro, sabía que no había sido así. Pero, maldita sea, si no podía tener lo real, si tenía que conformarse con sus sueños, ¿era acaso un crimen basar esos sueños en lo poco que podía conseguir de la realidad?

Ya había oscurecido cuando se dirigieron hacia la furgoneta. El viento era frío y el aire estaba helado, y, si hubiera tenido valor, la habría rodeado con su brazo mientras caminaban. Le abrió la puerta. Otro poquito de fantasía. Le dio las gracias. Lo dijo suavemente. Casi tuvo que hacer un esfuerzo para oírla. Se sentó en el asiento del conductor y puso el motor en marcha. Por un momento deseó que se acercara a él, que llegara a tocarle con la cadera.

Pero toda fantasía tiene un límite. Eso sería llevar las cosas demasiado lejos.

Puso la radio. Ninguno de los dos hablaba. Mejor. Cualquier cosa que dijeran lo estropearía, rompería el equilibrio, acabaría con su sueño.

Pero no estaba tan ensimismado como para olvidar su trabajo. De vuelta a casa, se detuvo para echar un vistazo al ganado.

—Si quieres, puedes llevarte el coche a casa —dijo,

bajando de la furgoneta—. No está tan lejos. Yo iré andando.

—Esperaré —dijo Maggie, y le sonrió bajo la luz de la luna. Él notó que el corazón le estallaba.

Ten cuidado, se advirtió a sí mismo. No va a suceder.

No podía suceder. No lo permitiría. Sólo quería mantener ese sueño.

En veinte minutos estuvo de vuelta en la furgoneta.

—Todo va bien —dijo, frotándose las manos, y puso el motor en marcha.

La ayudó a meter en casa las bolsas con la comida. Sólo eran dos bolsas. Podría habérselas apañado sola, pero él insistía. Después de poner cada cosa en su sitio, y de que él pidiera un vaso de agua, no le quedaba elección.

Esbozó una sonrisa y se dirigió hacia la puerta.

—Eh... te veré mañana.

Maggie lo siguió hasta el porche.

—Sí. Gracias por la cena. No era mi intención que pagaras tú.

—Me apetecía.

Se miraron durante un instante. Quería besarla. Recordaba el momento en que ella lo había besado, cuando sus labios se encontraron, cuando su cuerpo se abrasó. Maggie se pasó la lengua por los labios. Él cerró los ojos.

Conocía sus límites. Y besarla estaba más allá de ellos. Bajó las escaleras a toda prisa.

—¿Robert?

La miró. Ella sonrió.

—Sólo quería decirte cuánto me ha gustado la velada, la compañía.

—A mí también —dijo él, y cruzó el jardín apresuradamente. Era la verdad. Le había gustado. Demasiado.

Capítulo Cinco

Los hermanos de Maggie llegaron, como estaba previsto, la semana antes de Pascua. Duncan, el mayor, era alto, moreno y serio. Ev le llamaba «El profesor», en broma y respetuoso al mismo tiempo. A Andy, el hermano más joven, le llamaba «La plaga». Tanner le llamaba «Rata de ciudad» o «Rata», abreviando. A Andy no le importaba.

Pelirrojo, pecoso y de mirada viva, y aún más inquieto que su hermana, Andy MacLeod quería hacerlo todo, verlo todo, aprenderlo todo de golpe. Y, sobre todo, quería ser como Tanner.

Por alguna razón Tanner nunca llegó a saber si fue por Maggie o por Ev que Andy había decidido que era la fuente de todo cuanto había que saber sobre el rancho. Le seguía como un perrito.

Al principio, Tanner refunfuñó.

—Por si tenía poco trabajo —se quejó a Ev—. Ahora encima tengo una sombra vaya donde vaya.

Pero la voluntad de Andy de reconocer su ignorancia y sus ganas de aprenderlo todo no tardaron en ganarse incluso la admiración del gruñón de Tanner.

Era mejor jinete que su hermana, y muy bueno con la cuerda. Incluso hacía las tareas más duras, como cavar y poner postes, pero lo que le hizo ganarse a Tanner fue que ni siquiera pestañeó cuando le sugirió que quitara el estiércol del establo.

—Es parte del trabajo, ¿no? —dijo Andy.

—Al parecer Bates no piensa lo mismo.

Andy sonrió.

—Mi padre siempre dice que si vas a dirigir algo, tienes que saber hacer de todo desde lo más bajo.

64

—¿Piensas dirigir algo, Rata?

Andy se sonrojó violentamente.

—No quise decir eso —dijo rápidamente—. No estoy intentando quitarte el trabajo, Tanner. Te juro que no.

—Está bien —dijo tranquilamente—. Ya lo sé.

A su pesar, le gustaba Andy. Si le decía que intentara algo, Andy lo intentaba.

—Tienes que aprender con la práctica —le dijo Tanner, del mismo modo que el padre de Tanner le había enseñado a él. Y eso hizo Andy. La constancia del muchacho le impresionó. Aunque pensó que no tenía por qué impresionarle. No después de Maggie.

Maggie.

Otra vez Maggie. Había sido un error salir con ella. Ya había sido bastante duro controlar su atracción por ella antes de alimentar sus fantasías. Ahora estaba hecho polvo. Se pasaba el día soñando despierto. Y por la noches era peor. Al menos de día tenía la posibilidad de controlar sus pensamientos. Pero de noche estaba a merced de sus deseos. Y su deseo sólo era Maggie. No importaba que se dijera a sí mismo que estaba fuera de su alcance, que no era un ligue de una noche, que ella lo querría para siempre, mientras que él quería todo menos eso.

No importaba porque, fuera donde fuera, allí estaba ella. Tuvo una semana de vacaciones en primavera, mientras sus hermanos estaban allí, y la pasó con ellos. Y eso significó que también la pasó con él.

Bueno, de vez en cuando se quedaba en la casa repasando las lecciones con Duncan. Pero la mayoría de las veces se iba a cabalgar con Andy... y con Tanner.

—No hace falta que vengas —le decía Tanner una y otra vez—. Para eso tienes un capataz.

—Lo necesito —decía Maggie—. Quiero hacerlo.

Era imposible discutir con ella.

Así que esperaba poder tener al menos un respiro al retirarse por la noche al barracón. Sin Andy, era de esperar.

—¿Por qué te quedas aquí solo cuando puedes venirte con nosotros? —le preguntó Andy—. Maggie y yo vamos a hacer rosquillas esta noche. ¿Por qué no vienes?

Tanner fue, sin muchas ganas. Maggie le ató un delantal a la cintura y le puso a amasar harina y levadura y más cosas.

—Debí haberme imaginado que me harías trabajar —se quejó. Pero se lo pasó bien.

La noche siguiente, Andy lo siguió hasta el barracón después de cenar y estuvo charlando con él, suponiendo que Tanner lo acompañaría en su regreso. A Tanner no se le ocurría ninguna razón para no hacerlo, así que fue con él. Había empezado a caer aguanieve y de las montañas llegaba un viento helado.

Duncan había encendido la chimenea, y en el estéreo de Maggie sonaba un CD de Bob Marley. Ev les estaba enseñando a Billy y a Duncan un juego de cartas. Maggie estaba sentada en el sofá con uno de los álbumes de Abigail sobre la historia del rancho, leyendo.

—Enséñamelo —le pidió Andy, y Maggie le hizo sitio en el sofá.

—Siéntate con nosotros —invitó a Tanner.

Él negó con la cabeza.

—Aquí estoy bien.

Se sentó en el viejo sillón de orejas, acercó los pies al fuego, escuchó cómo el aguanieve chocaba contra la ventana y se quedó contemplando a los demás.

Era una de esas noches que había soñado en su día, cuando estaba casado con Clare. Una de esas noches que recordaba de cuando era muy pequeño.

Lo único era que, en lugar de ver a Ev inclinado sobre la mesa del comedor, con su calva entre la cabeza morena de Duncan y la cabeza rubia de Billy, Tanner recordaba esos días en que su padre les había enseñado a él y a sus hermanos a jugar a las cartas. Escuchó los murmullos y risas de Andy y Maggie al repasar los álbumes, y recordó cuando Luke y él repasaban los álbumes navideños que su madre les hacía. Por primera vez en años se preguntó qué habría sido de ellos.

El pensar en su madre, el recordarla a ella y el calor de sus años de infancia hizo que se sintiera inquieto. Se puso en pie y se acercó a la ventana.

—¿Aburrido? —Maggie apareció junto a él mientras tenía aún la mirada perdida en la oscuridad, sintiendo todavía esa indescriptible nostalgia.

La miró, sintiendo otra clase de nostalgia, y negó con la cabeza y se fue.

Maggie frunció el ceño.

—¿Qué tal una partida de Intelect con Andy y conmigo?

—No soy muy de juegos —refunfuñó Tanner, y se maldijo en silencio al ver que ella parecía aún más triste.

No quería que pensara que no le gustaba, que no agradecía su invitación a unirse a ellos. ¡Claro que le gustaba! ¡Le gustaba demasiado, maldita sea! Si ella supiera lo que sentía de verdad al estar cerca de ella... Si ella supiera qué clase de sueños tenía, tanto despierto como dormido...

Se frotó la nuca. La mezcla de tensión y excitación que sentía siempre que estaba cerca de ella iba empeorando, no mejorando.

—De todas formas, debería ir a echar un último vistazo al ganado, y luego me acostaré. Tengo que levantarme temprano.

—Iremos contigo.

—¡No!

Ella lo miró, sorprendida, frunciendo el ceño.

—Quiero decir... —suavizó el tono—, no tiene sentido que vengáis. Estaré bien. Además —dijo, esbozando una débil sonrisa—, sólo un idiota o un vaquero se ofrecería a salir con este tiempo.

Maggie sonrió amablemente.

—A lo mejor soy una idiota... —comenzó a decir, y, por la forma en que lo miraba, Tanner se acobardó.

Negó con la cabeza, bruscamente.

—No lo eres.

Salió y bajó las escaleras antes de que pudiera seguirlo. No miró atrás hasta llegar casi al establo. Ella seguía de pie en la puerta, observándolo.

Se fijó en el camión nuevo en cuanto llegó al jardín. Creía conocer casi todos los camiones en un área de unos setenta kilómetros. No había tantos. Pero no sabía de nadie que tuviera un Dodge 250 nuevo con cabina extendida. Cabalgó lentamente, haciendo que su curiosidad le marcara el paso a Gambler. Tenía matrícula de Wyoming, y empezaba por 5. Era de Laramie o de sus alrededores. Frunció el ceño, preguntándose a quién conocían en Laramie.

—¿De quién es ese camión? —preguntó a Billy cuando el muchacho apareció en el porche.

—Se llama John —dijo Billy.

—¿John qué?

—No sé. Es amigo de Maggie.

Tanner se quitó el sombrero y se pasó la mano por el pelo, y luego siguió hacia el establo, mirando una última vez de reojo hacia la casa, sintiendo curiosidad acerca de ese amigo de Maggie. Se dijo a sí mismo que no debía pensarlo dos veces. No era asunto suyo qué amigos tenía.

Cuando llevó a Gambler a su cuadra, Andy ya estaba en el establo. Tanner se sorprendió de verle.

—Llegas temprano.

—Me encontré con Maggie y John cerca de Teller's Point. Me ayudaron a revisar la valla y vine con ellos.

Tanner frunció el ceño, no muy seguro de que le gustara la idea de que otros revisaran las vallas. Pero claro, el rancho era de Maggie. Si ella lo quería así, a él no debería importarle.

—¿Quién es John? —le preguntó a Andy.

—¿Todavía no lo conoces? Sé que Maggie quiere que lo conozcas. Es un amigo suyo, de la universidad. Ahora se está doctorando en economía agrícola o algo así en Wyoming. Es un tío listo. Te gustará.

Tanner refunfuñó. Desensilló a Gambler. Andy terminó con su caballo.

—También he repasado ya a Sunny y a Randy —le dijo a Tanner—. Maggie y John los montaron por el rancho. Pero le dije a Maggie que yo los cepillaría para que ella tuviera tiempo de enseñarle los libros a John.

Tanner frunció el ceño, inclinándose con el punzón sobre el casco de Gambler. ¿Para qué demonios le estaba enseñando los libros a John? Las finanzas del Three Bar C no eran asunto suyo. Tanner apretó demasiado sobre el barro seco, tocó el cartílago y se llevó una coz por preocuparse tanto.

—¡Maldita sea! Lo siento —susurró al caballo. Gambler se removía nervioso. Tanner le susurró suavemente, intentando concentrase en lo que estaba haciendo.

—¡Bueno, me largo! —dijo Andy muy animado—. Te veré en casa a la hora de cenar —se detuvo en la puerta del establo—. Estoy seguro de que echaré de menos este sitio.

Tanner levantó la vista.

—¿Dónde te vas? —sus vacaciones estaban a punto de terminar. Duncan se había ido la noche anterior a Boulder.

—Me vuelvo esta noche con John.

—Ah. Bueno.

—¿Bueno? —gritó Andy.

—No quería decir eso. Quiero decir... —pero tampoco podía decir que se sentía tremendamente aliviado de que fuera esa la razón de la llegada del misterioso John—. Quiero decir que está bien que te lleve alguien. Y estarás de vuelta antes de que te des cuenta.

—Cuatro semanas —dijo Andy—. En realidad ni eso. Faltan veintisiete días para terminar mi último examen final —sonrió inocentemente—. Los he contado. Prométeme que no marcaréis el ganado hasta que vuelva.

—Bueno... —Tanner dejó la frase en suspenso, disfrutando con la mirada de Andy, cada vez más triste—. No, Rata, te esperaremos.

Andy sonrió.

—Gracias, Tanner. Te veré en la cena.

Iban a cenar en el comedor. Cenaban allí el Día de

Acción de Gracias, en Navidad y en Pascua. Usarían la estupenda loza de la familia de Ab, las cosas que su abuela se había traído de Maryland en una carreta o algo así. Tanner se preguntaba si debería haberse puesto una chaqueta, y lo comentó.

—No seas ridículo —se rió Maggie. Le tomó de la mano y lo llevó hacia el comedor—. Ven a conocer a John. Es un viejo amigo al que tengo mucho cariño.

Tanner se dejó llevar. En el comedor, sentado en el sillón de orejas, había un hombre delgado, con gafas, moreno, vestido con vaqueros y un jersey. Tenía el tipo de rasgos que ningún potro había alterado. Probablemente atraía a las mujeres. Un montón. Tanner supuso que tendría unos veintimuchos años. Tenía uno de los libros del rancho sobre el regazo, pero lo apartó y se levantó cuando entró Maggie.

—John, éste es Robert Tanner, mi capataz y el hombre que hace que todo esto funcione. Robert, éste es John Merritt. Estudiamos juntos en el internado en el este, y luego en la universidad. Durante años, John fue mi única familia. Ahora vive en Laramie, trabajando en su tesis. Como se ha especializado en la utilización y renovación de la tierra, le he hablado del Three Bar C.

John Merritt tendió una mano, sonriendo y estudiando a Tanner con tanta curiosidad como Tanner sentía por él.

—Encantado de conocerte, Robert. ¿O prefieres Bob?

—Tanner —dijo entre dientes—. Todos me llaman Tanner.

Merritt sonrió.

—Salvo Maggie —la miró cariñosamente y la acarició el pelo, que llevaba recogido en la nuca con una correa de cuero—. Conozco a Maggie. Tiene sus propias leyes, ¿verdad?

Tanner notó que se le tensaba la mandíbula ante la familiaridad con que se trataban. Se obligó a relajarse antes de asentir con la cabeza.

—¿Quieres beber algo antes de cenar? —le preguntó

Maggie —Ev dice que todavía faltan unos quince minutos.

—Tomaré un whisky.

Maggie quedó desconcertada por un momento, y luego sonrió.

—Claro. ¿E, dónde está el...? —preguntó en voz alta.

Pero Tanner la cortó.

—Yo me lo serviré.

Se dirigió hacia el aparador y abrió la puerta, sacó la botella de whisky que abrió para brindar con Ev y Abby por el Año Nuevo, y se sirvió generosamente, añadiendo luego algo más. Se dio la vuelta, y ecó un rápido vistazo a Maggie, John, Ev, Billy y Andy, que lo estaban mirando.

—¿Alguien quiere?

Tanto Ev como Maggie y John declinaron la invitación.

—Puede que yo... —empezó a decir Andy.

Pero Maggie dijo:

—Ni se te ocurra.

Y, cuando John añadió.

—No, si tienes la menor intención de conducir esta noche—, Andy se rindió con gesto triste.

—Me beberé uno a tu salud —le dijo Tanner, tragándose el licor de un sorbo y sirviéndose otro.

—Creo que la cena ya está lista —se apresuró a decir Ev—. Vamos, muchacho —dijo, llevando a Billy hacia la cocina—. Puedes ayudarme a traer la comida. A lo mejor a ti también te apetece echar una mano —le dijo a Tanner, dirigiéndole una mirada de complicidad.

Tanner los siguió hasta la cocina.

—¿Para qué me necesitas?

Ev resopló y murmuró algo que sonó a un «Yo no». Luego le dio un cuchillo a Tanner y dijo:

—Trincha el asado mientras yo preparo la salsa.

—¿Por qué yo?

—Porque si tienes que clavarle el cuchillo a alguien, prefiero que sea al asado y no a las visitas.

Le dio a Billy la fuente con el puré de patata y le dirigió hacia el comedor.

—¿Qué demonios significa eso? —preguntó Tanner.

—Significa que te calmes. Significa que dejes de beberte el whisky a tragos como si fuera a haber una sequía mañana. Signfica que dejes de actuar como un perro rabioso a punto de atacar.

—No pensaba atacar —protestó Tanner.

—No me engañas —murmuró Ev—. Trincha el asado.

Tanner empezó a trinchar. Lo que ocurría es que a veces conocía gente que le ponía nervioso. No era nada personal. Sólo malas vibraciones. No lo podía evitar. Y eso le pasó con Merritt en cuanto le echó el primer vistazo.

Terminó rápidamente con el asado, más preocupado por los sonidos apagados que llegaban del comedor, la voz entusiasta de Andy, la suavidad de Maggie y el tono profundo y doctoral de Merritt que por la carne que estaba cortando.

—Demonios, no hace falta que la cortes en trocitos —gruñó Ev—. Anda, vete a cenar— se detuvo—. Y pórtate bien.

Murmurando entre dientes, Tanner se fue. Se sentó. Se sirvió comida en el plato. Comió con imperturbable determinación. No dijo una palabra. Escuchó, mientras John y Maggie recordaban sus días de internado. Esa vez que John le hizo algo terrible a un odioso profesor de Latín, y la vez que Maggie hizo algo todavía peor, pero los detalles de la misma se perdieron entre esos ataques de risa que tan nervioso ponían a Tanner. Escuchó mientras Andy contaba a John todo lo que había aprendido en esa semana sobre la vida en el rancho, y escuchó con creciente irritación mientras John le animaba.

—Hay mucho que aprender, ¿no, Tanner? —dijo, alzando la vista y cruzando su mirada con la de él.

—Mmm —dijo Tanner con la boca llena de puré de patata.

—Es bueno aprender de alguien que te pueda ofrecer experiencia práctica —prosiguió John—. Tienes suerte —le dijo a Andy.

—Lo sé —dijo Andy—. Tanner es el mejor.

—Al menos parece que esté sacando el mejor partido a cuanto hay por aquí —dijo John—. Se lo dije hoy a Maggie cuando me llevó a dar una vuelta por el rancho —sonrió, al igual que Maggie.

Tanner trinchó un trozo de carne con considerable fuerza.

—Pero en esta época es difícil no perder dinero con un rancho —prosiguió John—. Salvo que diversifiques.

Tanner dejó de masticar. Entornó los ojos.

Animado por lo que interpretó como ávido interés, Merritt prosiguió.

—Aunque hay un sitio cerca... ¿Cómo se llama?... Teller's Point. Es demasiado abrupto para criar ganado. Para aprovechar esa tierra al máximo, le estaba diciendo a Maggie que debería pensar en ovejas.

—¿Ovejas? —el tenedor de Tanner sonó con fuerza al caer en el plato. Apretó los puños. Miró con los ojos muy abiertos al hombre que tenía enfrente, al otro lado de la mesa.

John se rió.

—Ya sé, ya sé. Es difícil acabar con las viejas enemistades. Pero es una tierra de primera para las ovejas, Tanner. Es más rocosa que el resto de la dehesa. El pasto no es tan bueno. Las ovejas pueden aprovecharlo. Las vacas no. Sé que los antepasados de la señorita Crumm estarán revolviéndose en la tumba ante la idea de que haya ovejas en el Three Bar C, pero Maggie está de acuerdo en que...

¿Maggie estaba de acuerdo?

—¡Qué más dan los antepasados de Ab! Yo me estoy revolviendo aquí —Tanner estaba a punto de gritar—. ¡Ovejas! —casi escupió esa palabra. Miró fijamente a Maggie—. ¿Qué demonios pretendes hacer trayendo a un pomposo experto? ¿Acaso crees que no sé nada de esto? Puede que no haya estudiado como él, pero llevo en esto mucho más tiempo. Ah, claro, se me olvidaba, ahora éste es tu hogar, ¿no? ¡Puedes hacer lo que quieras! Muy bien, de acuerdo, hazlo. ¡Estoy seguro de que Ab estará realmente encantada!

73

Arrojó su servilleta sobre el plato, empujó la silla hacia atrás y se levantó. Al salir, casi rompió uno de los cristales de la puerta al cerrarla tan de golpe.

—Bueno, ya era hora.

Tanner se quedó helado en los escalones del barracón cuando la voz de Maggie surgió de la oscuridad.

—¿Qué quieres? —intentó averiguar dónde estaba.

Entonces escuchó el ruido de una silla en el porche y vio surgir una figura oscura. Respiró hondo y pasó a su lado, abriendo la puerta y encendiendo la luz.

—Hablar contigo —dijo Maggie, siguiéndolo.

—Espero que no hayas estado esperando mucho tiempo... jefa —se quitó la chaqueta y arrojó el sombrero sobre el aparador, y entonces la miró de reojo.

Vestía los pantalones y el jersey de angora que llevaba cuando la vio por primera vez. Tenía las mejillas sonrojadas, y él se preguntó con cierto sentimiento de culpa cuánto tiempo llevaría fuera, pero se dijo a sí mismo que era su problema si había querido esperarlo a la intemperie. Él sólo estaba haciendo su trabajo.

Tanner apartó una silla de una patada.

—Habla.

Ella se sentó. Él permaneció de pie, apoyando los codos contra la pared que tenía detrás.

—Has estado muy grosero esta noche.

Se movió, incómodo.

—¿Y?

—Estaba avergonzada.

—¡No soy tu hijo! No tienes porqué avergonzarte por mí.

—Lo haré si te portas como un cretino en mi casa.

Arrastró ligeramente la punta de la bota sobre la tarima.

—Lo siento.

Lo dijo con aspereza. No lo podía evitar. Habían pasado cinco horas y seguía furioso. Ya era lo suficientemente malo que ella metiera en casa a esos amigos suyos tan listos, ¡pero si encima iban a decirle cómo tenía que llevar el rancho...!

—Yo también lo siento —dijo Maggie, suavemente—. No estaba intentando rebajar tu autoridad. Y John no quería dar a entender que no supieras lo que estás haciendo.

—¿De verdad? —dijo Tanner con un ligerísimo toque de sarcasmo. Respiró algo más tranquilo. Al menos, ella creía que su reacción se había debido a las ovejas. Se acercó a la ventana y miró fijamente hacia la oscuridad.

—De verdad —dijo Maggie con firmeza—. Y tú también lo sabes.

—¿Sí? ¿Y por qué he de saberlo?

—¡Porque tú mismo le sugeriste a Abby lo de las ovejas!

Tanner volvió la cabeza de golpe y la observó.

—¿Cómo diablos lo sabes tú?

—Porque me lo dijo Ev.

Tanner maldijo entre dientes. Apretó los puños.

—Me dijo que era una vieja batalla entre tú y Abby —Maggie prosiguió implacable—. Dice que discutíais todos los días.

—Puede que lo mencionara una o dos veces —dijo Tanner, mirando a la pared—. Pero yo no soy ningún maldito economista agrícola —dijo dando a esas palabras un toque de amargura—, así que puedes imaginarte el caso que me hizo Ab.

Ahora le tocaba a Maggie soltar una palabrota. Tanner la miró, boquiabierto.

—Si tú sabes decir palabrotas, yo también —se levantó bruscamente y lo miró cara a cara—. Así que lo que quiero saber es, si no estabas furioso por lo de las ovejas ¿por qué diste un portazo al salir de casa?

Tanner se metió las manos en los bolsillos de los tejanos.

—No importa —apartó la mirada.

Ella lo agarró del brazo e intentó hacer que la mirara. Su tacto lo abrasaba. Saltó como si se estuviera quemando, buscando una escapatoria, pero estaba arrinconado. Maggie se interponía entre él y la puerta.

—Sí, a mí sí me importa. Quiero hablar de eso. Y quiero saber por qué cada vez que me acerco, sales corriendo como un caballo asustado.

¡Pues porque se sentía exactamente así!

—Si te molesta, deja de acercarte a mí —contestó Tanner, intentando escapar.

Maggie no se movió.

—Es algo sexual —dijo las palabras como ensimismada, como si la revelación le hubiera caído del cielo.

—¿Qué demonios quieres decir con eso? ¿Qué es lo que es sexual? —sentía que le ardía la cara. Casi no podía decir esa palabra delante de ella.

—El porqué de tus huídas —le cambió la expresión.

—¡No estoy huyendo!

—Sí —dijo suavemente—. Sí estás huyendo.

Demonios. Apretó los dientes y miró para otro lado.

—¿No te... gustan las mujeres, Robert? —preguntó, seria.

Él la miró rápidamente.

—¡Maldita sea! ¡Claro que me gustan las mujeres! —sentía las orejas ardiendo.

Maggie volvió a sonreír. Suspiró, aliviada.

—Bueno, me alegro mucho de oír eso —se puso nuevamente seria—. ¿Entonces soy yo?

—¿Qué eres tú? —sentía como si se ahogara.

—¿Crees que te voy a atacar?

¡Por Dios, lo estaba deseando!

—¡No, maldita sea, claro que no creo que me vayas a atacar!

—A lo mejor te da miedo el acoso sexual.

—¿Qué?

—Bueno, soy tu jefa. Y pensaba que a lo mejor tenías miedo de que tuviéramos una relación más que profesional... que yo empezara a esperar de ti que... —por primera vez, Maggie vaciló. Se sonrojó.

Tanner se pasó la lengua por el labio superior. No estaba seguro de si tenía que alegrarse por el hecho de que ella pareciera estar tan confusa como él.

—No creo que vayas a saltar sobre mí —refunfuñó.

—No lo haré —prometió Maggie solemnemente. Y ladeó la cabeza—. Y no es que no haya tenido la tentación.

Tanner abrió los ojos a tope. Nunca imaginó que fuera posible sentirse tan incómodo. Estaba equivocado. Tragó saliva. Con fuerza. La miró, ceñudo, esperando que se sonrojara y apartara la mirada.

Pero ella lo miraba con franqueza y fue él quien terminó sonrojándose.

—No seas ridícula —murmuró.

—No lo soy. Eres un hombre muy guapo. Un hombre fuerte. Un hombre capaz. Tendría que estar ciega para no sentirme atraída.

—No te sientes atraída —dijo Tanner bruscamente.

—¿Crees que si sigues hablando así se convertirá en realidad?

—Más me vale.

—¿Por qué?

—Porque... —murmuró Tanner—. Porque sí.

Por Dios, ¿por qué le hacía esto? ¿Acaso disfrutaba viéndole sufrir?

—¿Por qué tú también te sientes atraído? —oyó cómo se movía, oyó sus pasos acercándose sobre las tablas. Y entonces la sintió tan cerca que podría jurar que notaba su aliento en la nuca.

Se giró para mirarla, respirando fuego.

—¡No me siento atraído por ti!

Se miraron a los ojos. Se quedaron inmóviles durante tanto tiempo que Tanner pensó que se quedarían así para siempre.

Finalmente, Maggie habló.

—Ah, Robert —dijo suavemente—. Ab me lo dijo, pero no lo creí.

—¿De qué me hablas? —dijo con aspereza.

—Me dijo que siempre estabas intentando no preocuparte. Dijo que no querías. Dijo que esperaba que algún día dejaras de mentirte a ti mismo.

—Estoy harto de que te entrometas —le dijo Tanner a Abby. Estaba de pie, con la cabeza descubierta, y le dio una patada al césped del cementerio donde descansaban los restos mortales de Abigail Crumm. Estaba encantado de que no hubiera nadie alrededor que pudiera oírle.

Estaba seguro de que Abby sí le oía.

—Primero me haces cargar con esta rata de ciudad. Luego vas y le dices lo que pienso. Demonios, mujer, ¿cuándo has sabido lo que pensaba? —se detuvo, recordando—. Bueno, aparte de esas veces que sabías que estaba buscando pelea y no me dejabas salir.

Volvió a dar una patadita al césped.

—Esto no es lo mismo. Esto es diferente. No es asunto tuyo. No era asunto tuyo el hacerme prometer que me quedaría. No.

Miró con dureza la lápida, como si pudiera canalizar alguna respuesta.

—Es como si hubieras hecho de casamentera —miró fijamente la lápida—. ¿Era eso?

Ahora ya no necesitaba la respuesta. Podía ver mentalmente la enigmática sonrisa de Ab, podía ver el brillo burlón que tendrían sus claros ojos verdes.

Se encogió de hombros.

—En parte es culpa mía, supongo. No lo sabías. Debí haberte hablado... de... de Clare. Pero ahora ya lo sabes. Estoy seguro de que ahora ya lo sabes. ¡Maldita sea, Ab, si estás en el cielo seguro que lo sabes! ¡Así que seguro que sabes que no funcionará!

Miró la lápida buscando compasión. Suspiró e inclinó la cabeza

—De todas formas, ya no puedo seguir. Ya no.

Si esperaba que una voz desde las alturas le liberara de su promesa, estaba esperando en vano.

E incluso mientras decía esas palabras, podía ver a

Ab el día que le hizo la promesa. Fue sólo dos días antes de su muerte. Cada vez estaba más débil, pero Tanner no quiso admitirlo en su momento. Abby sabía la verdad. Ella, al contrario que Tanner, nunca se engañó.

—Así que eres mejor hombre que yo, Abby Crumm —Tanner dijo ahora, con voz ronca.

Y sabía que le debía mucho.

Ella le había dado la oportunidad de mostrar lo que sabía, de tomar todos esos años de trabajo para otro jefe y demostrar lo que había aprendido. Incluso le dio la oportunidad de tener su propio rancho, pero él tuvo miedo de aceptar. No se lo reprochó. No dijo nada, tan sólo se mostró amable. Lo entendía.

Y ahora él estaba intentando romper la única promesa que le había hecho.

¿Por qué?

Porque tenía miedo. Miedo de sus propias emociones. Miedo de acercarse demasiado a Maggie MacLeod.

Si se enamoraba de Maggie MacLeod, querría casarse con ella. Y no quería volver a fallar. No como le había fallado a Clare.

Pues vete, se dijo a sí mismo. Maggie le dejaría irse. No lo obligaría a respetar la promesa que hizo a Abby. Encontraría a alguien que llevara el Three Bar C hasta que Andy estuviera preparado para el trabajo.

Demonios, probablemente podría pedirle a Merritt que le encontrara el mejor hombre de todo Wyoming.

¿Pero quería eso? Se preguntó Tanner.

Se pasó la mano por la cara. Por Dios, ya no sabía lo que quería. Parpadeó y miró la extensión de tierra. Era una tierra dura, no era fácil. Exigía mucho trabajo.

Pero también daba satisfacciones. Le daba valor a un hombre. Le daba autoestima. Le daba las agallas para seguir un año tras otro.

O acababa con él.

La tierra no había acabado con Tanner.

Podría cumplir la promesa que le hizo a Abby. ¿Se atrevería a correr el riesgo?

Miró fijamente la lápida de Ab. Era de granito. Gris y duradera. Sabía que duraría más que él, que, si no lo intentaba, se lo reprocharía cada día de su vida actual y de su vida eterna.

Lo mejor de marcar el ganado en primavera, y eso era algo que Tanner nunca había apreciado de verdad hasta este año, era que si estabas concentrado en dirigir cientos de reses no tenías tiempo para pensar en otra cosa.

No tenía tiempo de cepillarse los dientes, o de cambiarse de calcetines, y mucho menos de pensar en Maggie MacLeod.

Bendijo a Abby, atribuyendo la dureza de los horarios a una especie de intervención divina.

En lugar de pasarse las noches en vela pensando qué aspecto tenía Maggie vestida con tejanos o cómo sería acostarse con ella, pensaba en qué pantalones estarían disponibles, qué caballos llevarían, cómo podría emparejarlos y enviarlos, y qué diabluras harían esta vez las vacas.

La ventaja de que aquél fuese ya su cuarto marcado en el Three Bar C era que empezaba a tener una idea bastante precisa acerca de los problemas que podía esperar.

En general, el ganado de Abigail no era muy difícil de llevar. No era del que te miraba y salía de estampida a cien kilómetros por hora en dirección opuesta. Por lo menos, durante casi todo el resto del año. Aunque parecía que también les afectaba la fiebre primaveral.

Por muy dóciles que fueran cuando las acechaban un par de vaqueros, parecían desarrollar un sexto sentido cuando llegaba la época del marcado. Parecía que sabían cuándo les iban a pedir su ayuda, y entonces hacían justo lo contrario.

A Tanner le correspondía pensar, adelantarse y ser más listo que ellas.

Lo conseguía pasando las noches en vela tramando

la estrategia perfecta, estimando el número de reses, el número de hombres, la inteligencia de sus caballos, el estado de la tierra. Tenía en cuenta circunstancias como el tiempo, el viento, el calor y quién podría fallarle en el último minuto o quién aparecería con el caballo cojo.

Y entonces intentaba pensar en planes alternativos.

Tenía claro que todo plan y alternativa tenían un límite. Pero eran apasionantes, necesarios y le permitían no pensar en Maggie MacLeod.

Casi todo el tiempo.

Sin embargo, había momentos, instantes pasajeros en que la veía o la oía de improviso. Entonces era como si le pusieran unas orejeras. En un instante pasaba de estar lúcido, coherente, a actuar torpemente respecto a lo que estuviera haciendo, diciendo o pensando.

—Supongo que necesitarás una rueda de preparación para ese caballo, ¿no? —le preguntó finalmente Ev, la noche antes del marcado. Justo cuando le estaba explicando quién iría por la mañana, Tanner vio a Maggie en el umbral, y se giró tan rápidamente que casi se cayó al tropezar Gambler.

Sentía cómo le subía la sangre a la cara.

—Es que... creí haber visto algo.

—Y lo viste —asintió Ev con solemnidad. Luego sonrió y le guiñó un ojo a Tanner en señal de complicidad.

Tanner frunció el ceño, se ajustó el sombrero y apartó la mirada. Se había mantenido alejado de Maggie desde que decidió apartarse de ella. No había sido tan duro, dado todo el trabajo que tenía que hacer. Pero, con todo, no podía evitar encontrársela de vez en cuando. Y en esas ocasiones intentaba aparentar todo el desinterés posible.

Si Maggie lo encontraba divertido, no lo demostró. Ev sí, porque Ev veía más de lo que un viejo debería. Pero Ev, desde que Tanner le regañó por contarle a Maggie lo de las ovejas, se mostraba más cauto. Lo cual, a pesar de todo, no le impedía sonreír con satisfacción.

El día del marcado amaneció soleado y frío. Tanner se levantó muy temprano. Estaba todavía oscuro cuando fue a desayunar a la casa. Vió la luz encendida, y esperaba encontrar a Ev preparando el desayuno para los hombres. Pero encontró a Maggie.

—¿Dónde está Ev?

—Tiene gripe —sirvió un plato, y al volverse para dárselo, Tanner pudo ver que tenía ojeras, como si no hubiera dormido.

Quiso preguntar si podía con todo esto, con el trabajo de Ev además del suyo, pero no quería parecer preocupado. Al menos, no por ella. Lo entendería al revés.

Tomó el plato de sus manos y lo puso en la mesa, luego se dirigió hacia las escaleras que llevaban a los dormitorios. Era la primera vez que entraba allí desde que se trasladó. Caminó silencioso por el pasillo, dio unos golpecitos en la puerta del cuarto de Ev, y la entreabrió.

Ev estaba acurrucado en su cama. Gimió, y abrió un ojo.

—¿Comprobando que no estaba fingiendo?

—Claro que no —dijo Tanner, pasando por alto la pizca de remordimiento que sentía por lo acertado del comentario.

—También es mala suerte —refunfuñó Ev—. Pobre Maggie —miró a Tanner con dureza—. Yo iba a encargarme de cocinar mientras ella echaba una mano fuera. Supongo que ahora nos faltará una persona.

—Ya aparecerá alguien.

—Bueno, si no es así, no seas muy duro con ella.

—¿Yo?

Ev gruñó.

—No te hagas el inocente. No lo eres. Hace semanas que no le dices una palabra amable.

—¡Casi no he hablado con ella últimamente!

—A eso me refiero, exactamente. Bueno, pues habla con ella. Dile que todo saldrá bien...

Tanner apretó los labios.

—Díselo —insistió Ev. Volvió a gemir, haciendo una mueca y agarrándose el estómago.

Tanner suspiró, tiró levemente del ala de su sombrero y salió.

Cuando bajó ya había cuatro vaqueros desayunando. Se sentó a la mesa y empezó a comer. Cuando terminó, tomó la taza de café que le ofrecía Maggie y sus miradas se encontraron.

—Gracias por el desayuno. Estaba muy bueno —echó una mirada a los platos llenos de jamón y beicon, huevos y salchichas, panecillos y patatas—. Lo estás haciendo muy bien —le dijo, tal como le había enseñado Ev.

No estaba preparado para recibir la gran sonrisa que le iluminó la cara. Era como recibir un puñetazo en el estómago.

—Gracias —dijo ella. Le tocó la mano.

Por un momento, sus dedos tomaron los de ella. Entonces apartó la mano, movió la cabeza y subió el tono de voz.

—Me voy fuera para organizar la salida.

Era un día de mucha actividad. Al amanecer ocho equipos salieron en todas las direcciones para reunir y traer el ganado. Sólo un grupo salió corriendo en la dirección equivocada y hubo que reunirlos. Tanner, observándolo, se sintió afortunado de que fuera eso lo único en lo que metieran la pata. Pero no podía respirar tranquilo. El hecho de separar de sus madres a más de cien terneros, y de tener a más de un centenar de vacas buscando desesperadas a sus crías, suponía un montón de trabajo.

El Three Bar C siempre había marcado con un estilo que algunos consideraban «anticuado», utilizando un hierro normal, no una tabla y marcas eléctricas, como hacían otros. Marcaron a todos los terneros, les hicieron una muesca en la oreja y les afeitaron los cuernos con un engrudo a base de lejía caliente. Vacunaron a todos los terneros. Se trabajaba duramente, se sudaba.

Y, en cuanto Tanner echaba un vistazo, Maggie aparecía en medio de todo.

Esperaba que se hubiera quedado en casa preparando la cuantiosa comida que seguiría al marcaje. Y, por lo que oyó, ya había trabajado lo suyo en eso. Pero también estaba en el meollo del trabajo de fuera. Una vez la vio sentada sobre un ternero, sujetándolo para Bates, que le estaba aplicando el engrudo en los cuernos. Luego, al echar otro vistazo, estaba vacunando un ternero. Y más tarde la vio con el hierro de marcar.

Fue entonces cuando ella levantó la vista y sus miradas se cruzaron. Su cabello rojizo se estaba soltando de la cinta con que lo tenía recogido. Tenía algunos mechones pegados a la mejilla, y la frente manchada y la camisa llena de estiércol. Era lo menos parecido a una pulcra maestra que él podía imaginar. Le sonrió.

Muy a su pesar, Tanner también sonrió. Entonces, de repente, recordó lo peligrosos que eran sus sentimientos hacia Maggie, lo fácil que sería perseguirla, desearla. Volvió al corral y le gritó a Andy que llevara otro grupo de terneros.

Tanner no se dio cuenta de que John Merritt también estaba allí hasta que estaban a punto de terminar. A caballo, dirigía las vacas y los terneros hacia los pastos de la colina.

Tanner se detuvo junto a Andy cuando éste dejaba que los últimos terneros volvieran con sus madres.

—¿Qué está haciendo aquí?

—Echando una mano.

—¿Y ha venido desde Laramie? —dijo Tanner, sarcásticamente.

Andy lo miró sorprendido.

—Maggie lo llamó cuando Ev cayó enfermo en plena noche. Quería saber si sabía de alguien que pudiera echar una mano. Dijo que vendría él.

—No me lo preguntó a mí. Hay mucha gente en los alrededores.

—Bueno... —Andy se revolvió, incómodo—, creo que

quizás Maggie no debería, eh... acudir a ti con cada problema.

—¡Soy el capataz, maldita sea!

Andy se encogió de hombros.

—Supongo que sólo se trata de que... ella es la jefa.

—De acuerdo —murmuró—. Puede contratar a quien quiera —espoleó a Gambler y salió hacia los pastos del sur, lo más lejos posible de Merritt.

La barbacoa estaba en lo más álgido cuando Tanner dio su visto bueno al estado del ganado. Los vaqueros y los vecinos con sus familias estaban sentados en mesas y esterillas bajo los álamos de Virginia, comiendo, charlando y riendo. Hasta Ev estaba entre ellos.

—Rápida recuperación —dijo Tanner al acercarse a él.

Ev parecía ligeramente indefenso.

—Creo que es algo que comí.

—Probablemente —dijo Tanner con sequedad—. Parece que Magie te ha encontrado un sustituto.

—La verdad es que fue muy amable por su parte venir de tan lejos para echar una mano. Es mucha distancia.

Lo cual era toda una indirecta, pensó Tanner. Recorrió con la mirada las mesas y esterillas hasta que encontró a Merritt. Naturalmente, estaba sentado con Maggie y Andy en una esterilla junto al viejo cobertizo. Estaban riéndose. Maggie tenía la cabeza echada hacia atrás y Tanner se fijó en la grácil línea de su cuello. Sintió que la consciencia comenzaba a surgir dentro de él. Cerró los ojos, se dio la vuelta y tomó un plato y se sirvió pollo y costillas.

En otra época alguien habría tenido un violín y alguien hubiera sacado una guitarra, y después de comer, cuando decayera la conversación, alguien habría empezado a tocar, a hacer que los viejos y agotados vaqueros volvieran a mirar a sus mujeres, bromearan con ellas y hasta las sacaran a bailar.

Pero esa noche alguien había llevado una radio, otra persona subió el volumen y una nueva generación de vaqueros empezó a mirar alrededor. Algunos eran animados, otros tímidos. Poco después, cuatro parejas bailaban en el sucio descampado entre la casa y el establo. Tanner se apoyó en un álamo y observó.

Uno de ellos era Bates, con la cabeza inclinada sobre la de Amy Lesser, abrazándola con fuerza contra su cuerpo bien formado. A Amy no parecía importarle. Tanner vio cómo Andy se acercaba con cautela a Mary Jean, la hermana de Bates. No tenía ninguna esperanza de escapar, ante la entusiasta sonrisa de Andy.

Tanner deslizó su mirada hacia Maggie. Estaba sentada con Merritt en una manta, pero Tanner no podía ver si se estaban tocando o no. Durante un instante, su mirada se cruzó con la de Maggie. Luego él apartó la suya.

Poco después una sombra cruzó por delante de él, y levanto la vista para mirarla.

—Lo conseguimos —dijo ella. Estaba sonriendo.

Sabía a qué se refería. Habían terminado el marcado; todo había salido bien. Deberían estar satisfechos. Asintió.

—Sí.

—Ven a celebrarlo.

La miró.

Tenía una mano tendida hacia él.

—Baila conmigo.

Tragó saliva, bajó lentamente la vista, estudió la invitación, la desesperación con que deseaba aceptarla, qué pasaría si lo hacía. Levantó la vista nuevamente y la miró a los ojos, negando lentamente con la cabeza.

—Creo que no sería buena idea.

La sonrisa de Maggie se desvaneció. Dejó caer la mano.

—Lo que tú digas, Robert —dijo tras un instante, con voz totalmente átona. Dio media vuelta y se alejó.

Tanner miró al suelo donde estaba sentado, tomó un hierbajo y lo sacó de raíz.

—Maldita sea —murmuró entre dientes—. Maldita sea.

Capítulo Seis

Tuvo que conducir más de una hora, hasta Casper, antes de encontrar lo que estaba buscando.

Al abandonar la barbacoa, furioso, no sabía qué quería, salvo que quería irse, poner tanto espacio como fuera posible entre Maggie MacLeod y él.

Maggie había cometido el error de preguntarle dónde iba.

—Me voy —gruñó él al pasar junto a ella—. ¿Acaso crees que no he trabajado lo suficiente hoy?

—Claro que sí —dijo ella dudando, con una mano sobre el hombro de John Merritt.

—Pues me voy a tomar mi más que merecido descanso. Y eso es todo cuanto necesitas saber.

No le importaba que Maggie, John, Andy, Ev, y la mitad de la gente que vivía al este de las Big Horns lo miraran sorprendidos.

Salió disparado entre una nube de grava, conduciendo rápida y furiosamente, sin darse cuenta de lo que estaba buscando exactamente hasta que llegó a las afueras de Casper: huír, algo de vida nocturna, algo de diversión, una gran oportunidad de conocer a un miembro del sexo opuesto.

Es posible que otra noche Tanner hubiera sido lo suficientmente maduro como para no entrar a ver un concursos de camisetas mojadas.

Pero esa noche parecía un buen punto de partida.

El Wildcatter era, como indicaba su nombre, tan frecuentado por trabajadores de la refinería como por vaqueros de Wyoming. La música estaba alta, el entusiasmo estaba más alto y era lo bastante tarde como para que el clímax de la velada, el concurso de camisetas mojadas, ya estuviera en marcha cuando él entró.

La primera concursante estaba sobre el improvisado escenario, al fondo de la sala, cuando el camarero le pasó una cerveza a Tanner. Dio un largo trago y se apoyó en la barra para observar.

Había media docena de concursantes. Todas ellas mejor dotadas que Maggie MacLeod. Las estudió atentamente. Dos eran rubias, una pelirroja, y tres morenas. Se preguntó qué se sentiría al bailar con ellas, al besarlas, al recorrerlas con las manos.

La frustración que había ido creciendo dentro de él durante varias semanas, o meses, se desbocó. Miró a las mujeres acercarse en respuesta a los silbidos y aplausos. Observó sus atributos mientras el «humedecedor» oficial usaba un espray para hacerlos más evidentes. Pensó en llevarse a una a un motel y hacer lo que probablemente estarían haciendo en ese preciso instante Maggie y John Merritt.

Apretó los dientes con fuerza.

De repente, su línea de visión se oscureció. Una rubia de largas piernas se apretaba contra su brazo.

—Hola, cielo —le sonrió, su voz era seductora, atractiva y decididamente incitante.

—Buenas noches —la miró. No tenía los obvios atributos de las concursantes del escenario, pero probablemente tenía más que enseñar que Maggie.

—¿Me invitas a una cerveza, vaquero? —sugirió.

Hizo una seña al camarero. La rubia se le acercó más.

—Me llamo Carrie. ¿Tú quién eres?

—Tanner —se terminó la cerveza. El camarero le sirvió otra. Carrie acarició con la cara la chaqueta de Tanner. Éste recordó cómo intentaba suprimir el deseo que nacía en él cada vez que Maggie lo tocaba. Intentó encontrar ese deseo allí. Intentó imaginarse a sí mismo llevando a Carrie a un motel, quitándole la ceñida blusa rosa y el resto de la ropa, acostándola y haciéndole el amor.

Nunca había tenido problemas para imaginarse haciendo eso con Maggie, aunque no quisiera.

Ahora sentía más que falta de interés. Se acabó la cerveza de un trago y miró desesperado a las chicas del escenario, intentando despertar su interés por alguna. A juzgar por los pateos, gritos y silbidos que había a su alrededor, estaba muy claro que los otros hombres no tenían ningún problema en reaccionar ante esos considerables encantos.

Carrie se quejó.

—Puede que tengan más que yo —dijo al ver dónde miraba él—, pero los pechos no lo son todo, ¿verdad, cariño? —sonrió a Tanner con coquetería y se frotó contra él.

Él carraspeó y se apoyó en el otro pie.

—No... Supongo que no.

Ella le tomó la mano, jugando con sus dedos.

—¿Quieres que te muestre que más cosas tengo?

No podía.

Por Dios, hasta con una invitación tan directa era incapaz de decir que sí.

Que le aspasen si sabía porqué.

Sus hormonas pensaban que había perdido el juicio. Su cuerpo se indignó ante esa traición. Esa frustrante presión en sus partes le decía que se había vuelto loco. Pero por mucho que todas esas partes de su cuerpo ansiaran la liberación que seguramente le ofrecería esa mujer, no podía tomarla del brazo y salir con ella. No conseguía verse yendo con ella a una habitación de motel. No podía pensar en tener una relación sexual con ella.

Porque no podía dejar de pensar en Maggie.

Echó la cabeza hacia atrás, apurando su vaso, miró a Carrie y negó con la cabeza.

—No puedo —dijo—. Gracias, pero no.

Carrie lo miró, desconcertada.

—¿No?

Tanner se encogió de hombros.

—Esta noche no —dijo—. Tengo que... marcharme —dándole unos cuantos billetes al camarero, se despidió de Carrie con un ligero movimiento de cabeza y salió del bar sin mirar atrás.

La noche primaveral había refrescado considerablemente, y servía de bálsamo temporal para su ardiente cuerpo, pero no sirvió de nada respecto a la frustración que lo atormentaba desde hacía varias semanas.

Sólo había una cosa que podría calmarlo de verdad. Una mujer.

Y no tenía la más remota posibilidad de hacer el amor con Maggie MacLeod y marcharse después. Ni siquiera merecía la pena pensar en ello.

Se metió en la furgoneta, puso el motor en marcha y arrancó. Mentalmente veía la tentadora sonrisa de Carrie, y notaba aquella necesidad presionando, todavía, la tela de sus vaqueros. Recordó la visión de Maggie riéndose de las palabras de Merritt, su mano sobre el brazo de Merritt mientras bailaban, la posesiva curva del brazo de Merritt rodeándola.

Si Maggie sentía alguna frustración esa noche, Tanner estaba seguro de que John Merritt lo estaría solucionando.

Se dirigió a la autovía, furioso.

Eran más de las dos cuando giró hacia la carretera de grava que llevaba al Three Bar C. No habían disminuido su furia ni su frustración. Pero redujo la velocidad porque no quería anunciar su regreso con más ruido del necesario. Incluso apagó las luces al llegar al rancho. Buscó el coche de Merritt.

No lo vio, pero eso no significaba que no siguiera allí. Quizás Maggie le había dicho que lo metiera en el cobertizo. O quizás, y esta idea hizo que el estómago le doliera aún más, se había ido con él.

Todavía había una luz encendida en la cocina y otra en el porche de atrás, como si ella la hubiera dejado para tener luz a su regreso.

Bajó de la furgoneta y empezó a andar hacia el barracón. La fuerza de la costumbre hizo que se detuviera en el establo. En las prisas por irse esa noche, no había tenido tiempo de echar un vistazo a las dos vacas que todavía no habían parido. Por lo menos quería ver cómo estaban los caballos.

Lo hizo rápidamente, sin detenerse demasiado, hasta que llegó a la última cuadra.

Sunny no estaba.

Tanner se quedó mirando la cuadra desierta y movió la cabeza a uno y otro lado, intentando despejarse del aturdimiento que le habían provocado las dos cervezas que había bebido en Casper y tratando de adivinar dónde habría ido el caballo. Tampoco estaban ni la silla ni las bridas de Sunny.

Nadie montaba a Sunny. Salvo Maggie.

Pero no podía. No haría eso, se reafirmó. No tenía por qué.

Rechazó esa idea aunque su mente empezaba a admitir la desagradable verdad: era muy probable que lo hubiera hecho. Sobre todo si sabía que nadie le había echado un vistazo al ganado.

A lo mejor el ganado no tenía nada que ver. A lo mejor se había ido con Merritt a cabalgar bajo la luz de la luna.

Si era eso lo que estaba haciendo, tenía muy claro que no iba a ir a buscarla.

¿Pero y si no estaba haciendo eso?

Era más de medianoche. Ya debería haber vuelto. Salvo que...

Tan rápidamente como pudo, Tanner ensilló a Gambler y lo sacó.

Se dirigió a los pastos al este de las montañas, donde había dejado las dos vaquillas que seguían preñadas. No había manera de saber si ella había ido hacia allí. No había manera de saber si estaba con Merritt. Se sentiría como un completo idiota si los encontrase juntos.

No podía detenerse.

La tenue luz de luna permitía ver algo. Abrió la puerta y sacó la linterna, oteando los pastos, buscando algún signo de la presencia de Maggie o del caballo.

Nada.

En ninguna parte.

Hasta que llegó a una loma y alumbró el extremo de

una hilera de árboles. El haz iluminó por un momento a Sunny.

Antes de que pudiera gritar, oyó una voz.

—¡Robert! Por aquí —parecía muy preocupada.

Tanner apretó los dientes. Dirigió la linterna hacia esa zona, buscándola. Al menos sólo había un caballo. ¿Y si ella se había hecho daño? Espoleó a Gambler y lo dirigió hacia el lugar de donde venía la voz.

—¿Qué demonios estás haciendo? —preguntó, desmontando.

—Ayúdame.

Un ligero toque de pánico en su voz hizo que a él se le disipara la rabia. Con ayuda de la linterna la encontró agazapada en el suelo, con la mano sobre una vaca que estaba pariendo.

—¡Gracias a Dios que has venido! Está teniendo muchísimos problemas con este ternero. Está saliendo del revés. O, peor aún, no está saliendo —le temblaba la voz ligeramente. Su voz sonaba cansada pero decidida.

Tanner se acurrucó a su lado.

—Déjame ver —se maldijo por haber huído egoístamente de su deber. Era él quien tenía que haber estado allí esa noche, no Maggie.

Ella se echó a un lado para dejarle sitio, y se puso a calmar a la vaca como había hecho la última vez.

—Ssshh, cariño —la arrulló—. Todo saldrá bien. Robert está aquí.

—No te hagas demasiadas esperanzas —murmuró, quitándose la chaqueta. No había traído la cuerda, así que se quitó el cinturón y se agarró a él.

Pensó que había tenido suerte. El ternero era más pequeño que el último, que le había creado problemas, y la vaca no llevaba tanto tiempo de parto. Pero le costó un poco enderezar la cabeza y rodear las patas con el cinturón. Luego apoyó los pies contra la vaquilla y tiró del cinturón mientras la vaca hacía esfuerzos para deshacerse de su carga.

—¡Ahí viene! —gritó Maggie.

Y acto seguido tenía en su regazo un ternero sucio, lleno de sangre, que no paraba de chillar.

—¡Oh, Robert! ¡Cielo santo! —exclamó Maggie. Estaba riendo, exultante, mientras el ternero se revolvía en su brazos. Lo levantó para depositarlo junto a su madre.

—Gracias a Dios —murmuró él.

—Gracias a ti. Sabía que lo conseguirías —dijo Maggie con una voz cálida, de admiración—. Es fantástico.

Tanner gruñó.

—Hemos tenido suerte —lo normal habría sido que hubiera muerto tanto la vaquilla como el ternero. Tenía muy claro que no se merecía ningún halago.

—Me tranquilizó tanto que llegaras en ese momento —dijo Maggie, acurrucándose junto a él y mirando cómo la vaca lamía a su ternero.

—No debí marcharme —murmuró Tanner. Terminó con el posparto y se puso de pie—. Debería haber estado aquí desde que empezó.

—Era tu tiempo libre.

—No debí tomármelo.

—Te merecías un descanso. Y yo te lo concedí —le recordó.

—Era mi trabajo —insistió Tanner. Movió la cabeza a uno y otro lado—. Lo siento. Quizás sería mejor que te buscaras otro capataz.

Maggie lo miró, sorprendida. Se levantó.

—No seas ridículo. ¿Qué estupidez es esa?

—No es ninguna estupidez. Se llama cumplir con tus responsabilidades. Yo no cumplí con las mías. Si alguien me fallara así, lo despediría —la miró a los ojos, aliviado por que la oscuridad ocultaba al menos algo de la vergüenza que sentía.

Era el mismo sentimiento de culpa una y otra vez, la misma culpa que le asaltó cuando Clare perdió al bebé y él no estaba allí. El ternero había sido bastante más afortunado, pero no gracias a él.

—Bueno, me alegro de que no seas yo —dijo Maggie—. ¿No?

Él no contestó.

—No pasa nada, Robert. De verdad. Estabas aquí

—puso una mano sobre su hombro. Él intentó no apartarse. Su tacto podía con él, y lo sabía. Pero no tenía fuerzas para luchar contra ella.

—Podría no haber estado. Demostré tener muy poco juicio y lo sabes.

Maggie se limitó a mirarlo.

—Esto no es sólo por la vaca, ¿verdad?

—Déjalo, Maggie.

—Como quieras. Pero déjame decirte que se te permite tener fallos.

—No...

—Me da igual lo que digas —insistió Maggie —. Llegaste cuando hacía falta.

—Pero...

—Con eso basta, Robert. Vamos. Estás hecho un asco. Necesitas un baño.

—Todavía no —no podía volver con ella—. Iré enseguida.

—Te esperaré.

—No. Ya has hecho bastante. Has hecho hasta mi parte —añadió con seriedad.

—No me importa esperar...

—No —su voz sonó seca, imposible de rebatir, y Maggie debió de pensar que no iba a convencerlo.

—Eres un vaquero arisco, testarudo y terco —le dijo.

—Gracias, señora.

Ella hizo una mueca que resaltó sus hoyuelos y le tiró ligeramente del ala del sombrero.

—Date prisa —dijo suavemente. Se montó en el caballo y se encaminó hacia la carretera que llevaba a la casa.

Tanner la observó alejarse. Estaría a unos veinte metros de él cuando la llamó.

—¿Cómo es que Merritt no ha venido contigo?

Podría haberse dado una patada a sí mismo nada más decir esas palabras, aunque sabía que ni eso hubiera evitado que las pronunciase. Tampoco habría podido evitar la súbita alegría que sintió cuando Maggie se giró en su montura y le respondió:

—Se fue antes de la medianoche.

Era una noche demasiado fría para bañarse desnudo. El agua que bajaba de las montañas era prácticamente nieve derretida. La ducha del barracón era mucho más apetecible. Pero el ruido del agua despertaría a Andy, que dormía al otro lado del tabique.

De todas formas, pensó Tanner mientras ataba a Gambler a un álamo y se dirigía hacia el riachuelo, un poco de agua fría podría hacerle recobrar algo de sentido común. Bien sabía Dios que lo necesitaba.

El agitado riachuelo tenía una anchura de unos seis metros y una profundidad de unos sesenta centímetros. Había una poza bajando hacia el sur, pero no tenía tiempo de cabalgar hasta allí.

Además, no había ido a nadar. Había ido a lavarse los restos del parto del ternero y a ahogar, literalmente, su frustración sexual.

Tanner se quitó las botas y los calcetines, la chaqueta y la camisa y los vaqueros. Si Maggie se hubiera quedado se habría dejado los calzoncillos.

¡Si Maggie se hubiera quedado...! Se echó a reír. Si Maggie se hubiera quedado, él no estaría en ese riachuelo, en calzoncillos. Hubiera sido crearse problemas.

Se quitó los calzoncillos y la camiseta y los dejó junto a la chaqueta. Agarró entonces las ropas que el ternero había manchado y las llevó al riachuelo.

La fría brisa nocturna le hizo estremecerse. El agua helada le conmocionó. Se inclinó, restregando sus ropas contra las rocas, aclarándolas. Escurriéndolas con las manos, las tendió sobre la hierba.

Se giró y volvió al riachuelo, metiéndose hasta dentro, tiritando cuando el agua lo cubrió, aunque satisfecho con el dolor que le provocaba. Era un dolor que acabaría con su deseo por Maggie MacLeod.

No sabía cuánto tiempo estuvo en el riachuelo. Lo suficiente para que esos súbitos sentimientos de deseo se enfriaran por completo, lo suficiente para que no sintiera la piel y se le arrugaran los dedos.

Más que sentir frío, era como si estuviera anestesiado. Pero cuando finalmente se puso de pie y se abrió paso cuidadosamente por las rocas hasta llegar a la orilla, la fría brisa le golpeó.

Agarró la chaqueta y se secó. Luego tomó la camiseta y se la puso, haciendo lo mismo con los calzoncillos. Y se estiró para alcanzar los empapados vaqueros.

—Te he traído unos secos.

—¿Mm...Maggie? —dijo soltando un gallo y mirando alrededor suyo.

Notó unos movimiento en los matorrales y Maggie apareció a la luz de la luna, con un par de vaqueros.

—Te ví dirigirte al riachuelo. Pensé que a lo mejor ibas a bañarte. Así que al volver a casa fui al barracón y busqué ropa seca —se detuvo, con los pantalones aún en sus manos, a metro y medio de él.

El agua fría no había servido de nada.

Una palabra con la dulce voz de Maggie, una mirada de los ojos verdes de Maggie, y todas las hormonas de Tanner volvían a ponerse en guardia. Literalmente.

Murmuró algo desesperado entre dientes.

—¿Qué? —la voz de Maggie sonó débil.

Dio un paso hacia él. Dejó caer la mano, sujetando todavía los vaqueros, a un lado. Se pasó la lengua suavemente por los labios.

Tanner sintió cómo el aliento se le cortaba en la garganta.

Ella dio otro paso. Y otro.

Y entonces, cuando se detuvo tan cerca que sus alientos se fundían en uno solo y sus pechos estaban a punto de tocarse, él no pudo reprimirse.

Inclinó la cabeza y, tembloroso, la besó en los labios. Bebió su dulzor, la saboreó, la forzó a abrir la boca para él, para dejarle entrar. No se paró a pensar. Bien sabía Dios que ya había pensado demasiado. Y no le había servido de nada. Había sido incapaz de olvidar.

Desde el momento en que se cayó en el estiércol del

corral y al abrir los ojos, la vio frente a él, la había deseado.

Y aún la deseaba.

Y aunque, con la última pizca de sentido común que le quedaba, se daba cuenta de que lo que quería era malo para los dos, en ese preciso instante no pudo reprimirse.

Necesitaba abrazarla, tocarla, saborearla. Lo necesitaba cada fibra de su ser, cada nervio y cada célula.

Y Maggie no se resistió. Por el contrario, dejó caer los pantalones y le rodeó con sus brazos, metió las manos por debajo de la húmeda camiseta y recorrió su espalda, acariciando su trémula y ardiente carne, haciéndole estremecerse, obligándole a que la necesitara. Él se echó en sus brazos, sabiendo que era demasiado evidente cuánto la necesitaba. Ya no había ninguna posibilidad de negarlo.

Ella pasó los dedos por su cabello, fundiendo sus labios con los de él. Deslizó la lengua dentro de su boca y le hizo enloquecer de deseo. Él la atrajo hacia el regazo de sus muslos, deleitándose en el roce de los gastados vaqueros contra sus piernas desnudas. Ella volvió a recorrer su espalda con las manos, jugueteó con el elástico de sus calzoncillos. Él se inclinó hacia delante, presionando su cuerpo excitado contra ella, moviéndose, palpitando, deseando.

—Sí —susurró Maggie—. Si, sí —le besó por toda la cara y él hizo lo mismo, y volvieron a unir sus bocas con hambrienta desesperación. —Te amo, Robert. Te amo.

Las palabras restallaron en su concienca como una fusta, devolviéndolo de golpe a la realidad, a un tiempo mucho más largo que aquél, a un mundo que permanecería después de haber saciado su hambre.

Con toda la firmeza que pudo reunir, Tanner se echó hacia atrás, separó su boca de la de ella y apartó su cuerpo. Respiraba a grandes bocanadas, intentando calmar la estampida de su corazón y el fluir de la sangre por sus venas.

—Para —dijo secamente—. Tenemos que parar.

Maggie le miró aturdida, tan hambrienta como él. El rostro mostraba su dolor, los ojos mostraban su confusión. Tenía los labios abiertos, formando una minúscula O tan tentadora que él quería besarla otra vez, y otra, y no dejarla escapar jamás.

Pero no podía ser. No podía permitir que sucediera.

—Está bien —le tranquilizó Maggie.

—¡No, no lo está!

—Pero yo, ya sabes, Robert... —dijo suavemente.

Él movió ligeramente la cabeza, confuso.

—¿Tú?

—Te amo.

Movió la cabeza con fuerza.

—No. No me amas. ¡No puedes! No sabes... —dijo, con la voz tensa por la angustia. Se dio la vuelta, tomó del suelo los vaqueros secos y, tambaleándose, se los puso, estremeciéndose al subir la cremallera.

—No sabes... —repitió.

—Pues cuéntamelo —le miró dulce y cálidamente, con todo el cariño que el había ansiado durante tanto tiempo.

Él cerró los ojo, sintió el aire frío entrar y salir de sus pulmones, intentó dominarse, pero sin mucha suerte.

Pues cuéntamelo.

Parecía tan fácil. Pero era tan condenadamente difícil.

Se puso la camisa que también le había traído ella. Se enredó con los botones, dándose tiempo. Pero sabía que le debía al menos una explicación.

—Quieres un hogar —dijo por fin—. Lo dijiste desde el principio —su voz sonaba rota. Carraspeó.

—Sí.

—Yo no puedo... dártelo.

—¿Por qué no?

—¡No lo sé! —dijo, angustiado—. Quizás es un fallo genético. No, probablemente no. Parece que mi viejo lo consiguió. ¡Demonios, quizás sea sólo yo!

—¿Pero cómo sabes que no puedes? —insistió Maggie.

—Porque... porque ya lo intenté.

Ella le miró, expectante, sin hablar.

—He estado casado.

Ya estaba. Lo había dicho. Le contó lo que no le había contado a nadie desde que se fue de Colorado.

—Y puedes preguntárselo a ella —prosiguió con amargura—. Te dirá que fui un desastre. ¡Te dirá que nunca estaba allí cuando me necesitó! Demonios... —se dió una fuerte palmada en los ojos—, si ya crees que esta noche fui negligente con el ternero... Clare estaba embarazada. Era nuestro hijo. ¡Y ni siquiera estuve allí cuando lo perdió!

Oyó la afilada respiración de Maggie, y notó cómo se acercaba, rodeándolo con sus brazos. Debería haberla apartado. Bien sabía Dios que no se merecía su consuelo. Pero no podía hacerlo. Se quedó allí, temblando, sufriendo, sintiendo de repente más dolor en ese momento por la pérdida de su hijo que el que sintió catorce años atrás.

—¿Puedes contármelo? —preguntó ella despacio.

Así que le habló sobre su llegada a casa aquella noche, sobre el alivio que sintió al ver que Clare no estaba. Le contó todo acerca de ese día. Pero no de golpe. Fue saliendo a borbotones violentos y dolorosos. Pero consiguió llegar hasta el fina, hasta que llegó al bebé.

—Nunca... —la voz sonaba áspera y extraña, incluso para él mismo—, ¡nunca llegué a verlo!

Era el grito que nunca fue capaz de compartir con Clare. Había intentado mostrarse fuerte ante ella, mostrarse duro, silencioso y resistente, sin decir nada para que ella no creyera que la estaba culpando, cuando en realidad sólo se culpaba a sí mismo.

—Si tan sólo... —se dijo un millón de veces mientras ponía vallas, guiaba el ganado, curaba una conjuntivitis o cortaba el heno. Si tan sólo...

Pero todos los «si tan sólos» del mundo no podrían devolverle el hijo que no llegó a conocer, el hogar que quiso crear.

Durante años hizo como si no le importara. Con ser vaquero bastaba. Le gustaba eso de ir de un lado para otro.

Porque nunca se planteó otra posibilidad. El hecho de conocer a Maggie lo obligó a enfrentarse a aquello que él mismo se había negado, diciéndose que no tenía derecho a alcanzarlo, lo obligó a encarar los sueños que daba por muertos.

Apoyó su cara contra el hombro de ella, sintiendo un escalofrío. Ella lo abrazó con fuerza, y le hizo desear, por Dios, y con qué fuerza, que pudiera arriesgarse nuevamente.

Finalmente, él se apartó, secándose con la mano los ojos húmedos, avergonzado.

—Lo siento —murmuró. Se metió las manos en los bolsillos de los vaqueros y agachó la cabeza—. No debería haberlo hecho.

—Al contrario —dijo Maggie, sin retirar la mano de su brazo, sin dejarlo marchar—. Creo que ya iba siendo hora de que lo hicieras.

Tanner carraspeó.

—Quizás. Pero... no tenías que haber sido tú.

—No —dijo Maggie—. Probablemente debería haber sido... tu mujer. Nunca se lo contaste, ¿verdad?

—No podía. No hablábamos. Sólo... —se sonrojó, recordando el principal atractivo de Clare—. Éramos unos críos. Casarse a esa edad, al menos para nosotros, era como una broma. A nuestra costa. No sabíamos lo que hacíamos. Yo tenía grandes esperanzas. Se rió con ironía del joven ingenuo que había sido—. Pero cuando... —apenas le salía la voz de la garganta—, cuando el bebé se adelantó, cuando murió... todo... se derrumbó. No pude evitarlo.

—Te conozco, Robert. Estoy segura de que lo intentaste.

—¿Sí? —¿cuántos años llevaba haciéndose esa pregunta? Sollozó y se rió con aspereza al mismo tiempo.

—¡A veces creo que estaba encantado de salir de allí, encantado de que hubiera muerto! —la miró, esperando ver reflejado en ella todo el odio que había sentido por sí mismo durante tantos años. Su propia angustia era insoportable —¿Tienes idea de lo que se siente al pensar que eres de esa clase de persona que se alegra de la muerte de su hijo?

Y ella volvió a abrazarlo y él lloró de verdad. Se sentía el cretino más grande de la tierra, pero no podía evitarlo.

Maggie no intentó detenerlo. Se limitó a abrazarlo, frotándole la espalda, besándole la mejilla, la oreja, el pelo. Entonces buscó en un bolsillo y le dio un pañuelo, como si lo que él acababa de hacer fuera algo de lo más normal.

—¿Te ha pasado muchas veces que un hombre se derrumbe en tus brazos y se eche a llorar? —dijo Tanner después de aclararse la garganta, recuperando el habla. Quizás ella no sintiera vergüenza ajena, pero él estaba más que avergonzado.

—John lo hizo.

Tanner se tensó ante la mención de Merritt.

—¿Cuando se rompió su matrimonio? —preguntó a regañadientes.

—No. Su madre murió cuando estábamos en la universidad.

—Vaya —se sentía más imbécil todavía—. Lo siento. No quise decir...

Maggie puso una mano sobre su brazo.

—John y yo somos amigos, Robert. Lo somos desde hace mucho tiempo.

—No tienes porqué dar explicaciones. No es asunto mío.

—Sí, sí que lo es —dijo Maggie—, porque te amo.

—No digas eso —se dio la vuelta y, tomando la ropa húmeda y poniéndose la chaqueta, se dirigió hacia su caballo. Maggie lo siguió, tenaz.

—Es cierto. Creo que me enamoré de ti el día que llegué. Te vi montar aquella yegua negra, vi cómo te tiraba una y otra vez...

—Genial —murmuró Tanner.

—...y vi cómo volvías a intentarlo. Te admiré muchísimo. Tenías agallas, energía, decisión.

Él se montó en la silla.

—Sí, por lo que a los caballos se refiere, soy toda una maravilla.

—Te vendes muy mal.

Apretó los dientes.

—Me veo objetivamente. Una cosa son los caballos, y otra muy distinta el amor. Ya lo intenté. No funciona. Yo no funciono.

—¡Apenas eras un crío!

—Da igual —insistió con terquedad—, fracasé.

—¿Y no piensas intentarlo de nuevo? —se quedó de pie, mirándolo, ofreciéndole su corazón. Él podía oír en su voz y ver en sus ojos que le estaba ofreciendo sueños y esperanzas, la promesa de un futuro que él no se atrevía ni a imaginar por mucho que quisiera.

Negó con la cabeza.

—No... puedo —susurró.

Ella tensó la mandíbula.

—¿No puedes? ¿O no quieres? ¿No quieres, Robert? ¿O es que tienes miedo?

La miró a los ojos, desafiante. Entonces, al ver el amor en los suyos, apartó la mirada.

—No me presiones, Maggie —dijo. Y espoleando al caballo se alejó.

Capítulo Siete

Así que ya lo sabía.

No era algo de lo que le gustase hablar. Por lo menos, no con Maggie. Pero quizás diese todo igual.

Ya no creería estar enamorada de él. Maggie Macleod no era ninguna estúpida. No tardaría en comprender que se había salvado de milagro, que mantener una relación con un hombre como él sería el mayor error que podía cometer.

Tanner sabía que debía estar contento de que lo de aquella noche hubiera sucedido. Pero a veces, sólo a veces, cuando la veía observándolo de lejos, mirándolo con tristeza, sentía dolor. Intentó no pensarlo. Intentó centrarse en su trabajo, en enseñar a Andy, en permanecer lejos de Maggie.

¿Por qué no? Después de todo, no tenían de qué hablar, además del rancho, y si él hacía bien su trabajo, no era necesario que le contara mucho al respecto. Si pensaba que él la estaba evitando, tenía razón.

Y ahora podría entender el porqué.

Pero ella le miraba con tanta tristeza... Maldita sea, ¿acaso creía que a él le gustaba ser así?

Se alegró cuando llegó el día en que Andy y él llevarían el ganado hasta los pastos de verano. Tardarían varios días, días en los que no tendría que verla observándolo de lejos, días en los que no sentiría que se le cerraba el estómago al verla, ni se le rompería el corazón sabiendo que ella conocía su peor secreto.

Normalmente ese viaje tenía lugar durante una de las épocas del año favoritas de Tanner. Ansiaba salir a la pradera, a la vida silvestre, a la soledad, a la maravillosa compañía del par de hombres que irían con él.

Pero el ir con Andy lo hizo más difícil. El muchacho había aprendido un montón. Era rápido y entusiasta y decidido, siempre preguntando, siempre intentando ayudar.

Igual que su hermana. Condenadamente igual que su hermana. Ya era suficientemente duro no poder quitarse a Maggie de la cabeza, y era peor aún tener a Andy para hacer que la recordara todavía más.

Tanner sabía que estaba siendo demasiado seco. Se disculpó diciéndose a sí mismo que era mejor para el muchacho aprender a manejarse por su cuenta.

—Recuerda —dijo, enviando a Andy en otra dirección—. Se aprende con la práctica. No puedo hacer las cosas por ti.

Y si Andy a veces se quedaba mirándole con cierta cautela y también con tristeza, pues mala suerte.

El muchacho estaba aprendiendo. En eso también se parecía a su hermana. Tanner sabía que Maggie habría conseguido que Abby se sintiera orgullosa de ella. También se habría sentido orgullosa de Andy. No se paró a pensar qué pensaría de él.

Al observar al muchacho, mientras llevaban a la última vaca por el sendero del bosque hacia la pradera, Tanner pensó que había acertado.

Andy cerró la última puerta, se apoyó en la montura y se quitó el sombrero, contemplando, con orgullo de propietaro, el ganado. Se secó con la mano el sudor de la frente, sonrió y miró a Tanner. Seguía habiendo algo de cautela en su mirada, como si no estuviera seguro de la aprobación de Tanner.

—¿Ya está? —preguntó.

—Ya está.

—¿Lo hemos conseguido?

—Lo hemos conseguido —Tanner cabalgó hasta el riachuelo y desmontó para empapar el pañuelo en el agua y lavarse la cara. El agua helada le resbaló por el cuello.

Andy se le unió e hizo lo mismo, luego se volvió a poner el sombrero y soltó un grito largo y fuerte.

—¿Por qué haces eso?

—Porque por fin soy un vaquero —Andy sonrió, disfrutando de la palabra, saboreándola en sus labios. Luego se detuvo y miró dubitativo a Tanner—. ¿O no?

Tanner asintió:

—Se puede decir que sí.

—¿Tú dirías que sí?

—Sí, Andy, yo diría que sí.

—Gracias a ti, Tanner. Aprender con la práctica. Hago todo lo que tú haces.

—No, por el amor de Dios, no hagas todo lo que yo hago —refunfuñó Tanner, montándose otra vez en su caballo.

Y fue un buen consejo, porque poco después se cayó de él.

—¿Qué Tanner, qué? —Ev abrió los ojos a tope. Miró estupefacto, primero a Andy y luego a Tanner, que venía lentamente por el descampado, con la cara pálida y gesto de dolor, con el brazo izquierdo sujeto fuertemente al pecho con la camisa de Andy.

—Se rompió la cincha —murmuró Tanner, avergonzado como nunca.

Vio a Maggie salir al porche, mirarle y echar a correr. Soltó una maldición entre dientes.

—Sujeta el caballo —le dijo ella a Billy, y miró a Tanner—. Te ayudaré a desmontar.

—No necesito ayuda —apretó los dientes, se agarró a la montura para mantener el equilibrio y desmontó. Un pinchazo de dolor le atravesó el brazo y el hombro al pisar el suelo. No pudo reprimir la palabrota que le salió de los labios mientras Maggie le pasaba un brazo alrededor.

—Con calma —dijo—. Échame una mano, Ev. Lo llevaremos a la furgoneta.

Tanner hizo un débil esfuerzo por deshacerse de ellos. Pero estaba mareado, casi inconsciente por el dolor. Hizo una mueca cuando Ev lo ayudó a subir a la furgoneta.

—¿Dónde vamos? —le preguntó Maggie a Ev.

—A Casper. Es probable que se haya roto algo.

—Me he dislocado el hombro.

—¿Otra vez? —gruñó Ev.

—¿Le pasa muy a menudo? —preguntó Maggie.

—Normalmente me las arreglo para colocárselo bien otra vez. Esta vez... no he podido.

Maggie se volió hacia Ev.

—Llama y di que vamos para allá.

—Ev puede... —empezó a decir Tanner.

Pero Maggie se sentó al volante.

—Vámonos.

El viaje a Caspere fue menos doloroso que bajar la montaña a caballo. Pero estar sentado una hora junto a Maggie, tratando desesperadamente de no deshonrarse vomitando o desmayándose, fue todo un infierno.

Se estaba felicitando por haberlo conseguido cuando Maggie abrió la puerta de la furgoneta frente a la entrada de urgencias y él puso un pie en el suelo. Muy a lo lejos vio a Maggie acercarse y le oyó decir.

—Espera un seg...

El mundo no esperó. Se lo encontró de cara.

Al parecer tenía infinitas maneras de aparecer como un idiota ante Maggie. Pero, se preguntaba, si tenía que desmayarse: ¿por qué no podía tener el sentido común de quedarse sin sentido durante todo ese tiempo?

¿Por qué tuvo que recobrar la consciencia mientras le levantaban las enfermeras y asistentes, mientras Maggie les decía «cuidado con el hombro», y algún entrometido le desabrochaba la camisa y los vaqueros para que pudiera respirar?

Se resistió, pero el dolor le hizo detenerse en seco. Cedió y cerró los ojos mientras lo tumbaban en la camilla.

—¿Se ha desmayado otra vez? —preguntó Maggie.

Él deseó con todas sus fuerzas que fuese así.

—Llévenlo a la sala de reconocimiento —oyó decir a una de las enfermeras—. Y si me hace el favor de acompañarme, necesito algunos datos...

Eso, pensó Tanner, lo libró de su presencia. Respiró tranquilo por primera vez desde que la había visto salir de la casa.

Notó cómo lo llevaban a una de las salas de reconocimiento. Se cerró la puerta. A través de los párpados cerrados podía sentir el brillo de las luces del techo.

—Vaya, demonios, Tanner —dijo una jovial voz de hombre—. Otra vez tú. Creí haberte dicho que ya te había visto lo suficiente este año.

—Hola, Brent —ni se molestó en abrir los ojos—. Intenté colocármelo yo mismo.

Brent Walker había cosido y remendado lo suyo a Tanner en los últimos tres años. También le había colocado el hombro en su sitio alguna que otra vez.

—Túmbate boca abajo —Brent pasó la mano por el hombro sano de Tanner y, con mucho cuidado, Tanner hizo lo que le dijo, hasta estar tumbado boca abajo. Seguía sin abrir los ojos. No le hacía falta. Sabía lo que iba a suceder

Brent le agarró el brazo.

—Un pinchacito para que duela menos, Marybeth.

Más pisadas; alguien movió un taburete. Entonces notó en la espalda el frío algodón. Y el pinchazo de la aguja.

Poco después Brent dijo:

—Bueno, Tanner. ¿Preparado? Ahora relájate.

Dos pares de manos lo sujetaron. Sabía exactamente qué pasaría a continuación y se agarró. Hundió la cara en la almidonada almohada y se afianzó con la punta de las botas. Unos dedos fríos le tocaron la mano derecha. Apretó los suyos con fuerza, notó cómo Brent le movía el brazo, tiraba y...

—¡Demonios!

Unas lágrimas surgieron involuntariamente de sus ojos. Apretó con fuerza la mano que tenía agarrada.

—Ya está —dijo Brent con alegría—. Ya puedes abrir los ojos.

Tanner los abrió.

Maggie estaba sentada en un taburete a pocos centímetros de él, con los dedos fuertemente agarrados por la mano de Tanner.

Murmuró una palabrota entre dientes.

—Pe... perdón —intentó soltar los dedos.

—No importa. ¿Cómo te encuentras?

—Estoy bien —se dio la vuelta e intentó sentarse. El mundo seguía siendo algo inestable.

—Con calma —dijo Brent, tomándolo por el brazo bueno—. No querrás volver a desmayarte.

—No me voy a desmayar —dijo Tanner, irritado—. Antes sólo estaba un poco mareado. Llevaba mucho tiempo sin comer.

—Claro —Brent le puso un cabestrillo—. Llévalo durante una semana. Y no te muevas. Todavía no hemos terminado. Ya que te tenemos aquí, no estaría mal que estas adorables señoritas te lavaran un poco.

Tanner no sabía a qué se refería, hasta que una de las enfermeras le quitó la camisa y otras dos empezaron a frotarle suavemente la cara y el cuello y una mancha que tenía en la cabeza. Entonces comprendió que, al romperse la cincha, había sufrido más daños que los del hombro. Tenía rasguños desde el cuello hasta las costillas. Intentó quedarse sentado, estóicamente, mientras lo trataban. Maggie miraba con avidez.

—No hace falta que estés —dijo él.

—No me importa.

—Creí que estabas rellenando impresos.

—No sé mucho de tu historia personal.

Sabía más que nadie, pensó Tanner.

—De todas formas, me dijeron que podías hacerlo tú mismo más tarde —no se movió ni un milímetro.

Esperó a que terminaran de lavarlo, a que le volvieran a poner la camisa, le colocaran el cabestrillo y, a pesar de su resistencia, le abrocharan lo vaqueros. Luego, después de rellenar los impresos y se tragarse dos de las píldoras que Brent le había dado para el dolor, Maggie se guardó las demás en un bolsillo y lo siguió afuera, como haría un perro guardián con un buey testarudo.

—Te dolerá unos días —le dijo Brent como si Tanner fuera hijo suyo—. Al parecer también se ha golpeado la cabeza. Que alguien lo vigile durante un par de días.

—¿Y que se asegure de que no me vuelvo a caer del caballo? —gruñó Tanner.

—No montarás a caballo durante un tiempo —dijo Brent con firmeza. Se dirigió a Maggie—. Que duerma, pero despiértalo cada tres o cuatro horas. Y vigílalo. La primavera pasada fue la rodilla. Esta es la tercera o cuarta vez que le pasa lo del hombro. No sé si es que es propenso a los accidentes o qué.

Tanner le miró con dureza.

—Normalmente es muy buen jinete. Pero, bueno —sonrió Brent—, supongo que de vez en cuando necesita algo de TLC.

—¡Y una mierda!

—Y con una jefa tan guapa...

—Todavía me queda un brazo sano. ¡Te puedo romper la nariz, Walker!

—Aunque se pone un poco desagradable cuando se lo recuerdan —dijo Brent a renglón seguido—. Mímalo un poco. No se hará el enfermo mucho tiempo.

—¡Nunca he...!

—Sshh, Robert —Maggie lo sujetó por el brazo sano y lo llevó hacia la salida. Le estaba sonriendo, y en su mirada se podía ver que se divertía—. Sólo está de broma.

A Tanner no le parecía divertido.

—¿Robert? —oyó que Brent le llamaba.

Maggie se volvió a mirar.

—Se llama así.

Brent movió la cabeza.

—¡Vaya, que me aspen!

Estaba mareado por los analgésicos. Se le cerraron los ojos y la cabeza se le cayó hacia un lado una media docena de veces. Volvió a enderezarse, haciendo muecas de dolor, odiando la idea de dormirse y despertar con la cabeza sobre el hombro de Maggie. O, lo que era aún peor, y más probable, en su regazo.

—Deberías descansar —dijo Maggie.

—Descansaré cuando llegue.

—Ev te hará la cama en la habitación de Abigail. No tardará mucho.

—¡No voy a dormir allí! Vivo en el barracón.

—Alguien tendrá que cuidarte.

—Andy puede hacerlo. También vive allí —de ningún modo iba a quedarse en la casa con ella. Ya era bastante duro incluso verla de lejos.

—No seas ridículo.

—Me quedaré en el barracón. Si no te gusta, despídeme. Y si no me despides, me voy yo —la miró fijamente, desafiándola a discutir con él.

Por un momento pensó que lo haría. Pero, por fin, ella suspiró.

—Bien. Sé terco como una mula. Quédate en el barracón.

—Eso haré.

—¿Robert?

—¿Eh?

—¿Robert? —alguien le tocó el brazo.

—¿Qué...?

—¿Robert, puedes abrir los ojos?

Parpadeó, aturdido, en la oscuridad. ¿Dónde demonios estaba?

—¿Quién es?

—Soy yo —dijo la voz—. Maggie.

¿Maggie? Agitado, intentó incorporarse, pero el dolor lo golpeó de nuevo y se dejó caer nuevamente en los almohadones, parpadeando ante la mujer que se inclinaba sobre él en la oscuridad.

—¿Qué demonios haces aquí?

110

—Ver qué tal estás.

—Andy...

—Andy tiene que levantarse más temprano que yo. Ahora está haciendo tu trabajo, ¿te acuerdas?

Tanner frunció el ceño.

—Gracias por recordármelo.

—Lo siento. ¿Estás bien? ¿Necesitas más pastillas contra el dolor?

—No —lo cual era mentira.

—¿No te duele?

—Mortalmente.

—Bueno, entonces...

—No las quiero. Me atontan.

—Ah, ¿así que son ellas la causa?

Él frunció el ceño.

—No me gusta cómo hacen que me sienta.

—¿Y puedes dormir sin ellas?

—Podría si la gente dejara de despertarme. Vete.

Ella no dijo nada, ni se movió. A él le temblaba el hombro. Le dolía la cabeza. Y sabía de sobra que ella no se iría sin haberle hecho tragar antes aquellas pastillas.

—Bueno, demonios. Dámelas.

Al menos ella no dijo «Te lo dije». Llenó un vaso de agua y se lo acercó a los labios mientras se las daba.

—Si necesitas algo más, sólo tienes que llamar.

—No pienso molestar a Andy —en aquél momento se habría girado, para darle la espalda, pero le dolía demasiado el hombro.

Lo despertó una vez más antes del amanecer. En esa ocasión él tardó menos en despejarse, y supo desde el primer momento de quién se trataba.

—Maldita sea, te lo estás tomando en serio, ¿verdad? —la miró frunciendo el ceño en la penumbra previa al amanecer.

—Sólo estoy echando un vistazo —sonrió. De nuevo parecía un ángel. Él cerró los ojos.

—Y de paso, despertando a Andy, probablemente —murmuró.

—Andy duerme lo suyo.

—Tú también podrías estar durmiendo. Déjame sólo —ahora sí se dio la vuelta, a pesar del intenso dolor.

Así que fue grosero. Así que no debió ser tan brusco con ella cuando sólo estaba intentando ayudar. Pero, maldita sea, ¡no necesitaba su ayuda! Lo que necesitaba era que se alejara de él.

—Vete —murmuró.

—¿Qué?

—¿Sigues ahí?

Se inclinó sobre él.

—¿Tienes algún problema?

—Tú, maldita sea. Por quedarte ahí. Vete y déjame dormir.

Ella le acarició el pelo. Le recorrió un escalofrío.

—Duérmete, Robert.

—Tanner —murmuró— ¡Tanner, maldita sea!

—Como quieras, cariño —susurró Maggie.

Por Dios, ¿eran de ella esos labios que se posaron sobre su pelo?

Ya había salido el sol cuando volvió a abrir los ojos. En esa ocasión no lo despertó Maggie. Estaba dormida. En la cama de Andy.

Tanner parpadeó, incrédulo. Movió la cabeza y notó cómo le retumbaba a consecuencia del golpe y de los calmantes. Pero a pesar de la neblina que ocupaba su cerebro, la imagen no cambió.

Maggie estaba allí.

Se tumbó sobre el costado derecho y se quedó así, sobre los almohadones, mirándola. Sabía que ella no debería estar allí. Parte de él se irritó. Pero la otra parte, la que la deseaba desde hacía tiempo, tan sólo quería contemplarla tanto tiempo como fuera posible.

Tenía ojeras, como si no hubiera dormido lo suficiente. No le sorprendía. Se había pasado toda la noche de un lado para otro, como una liebre, para ver si él se encontraba bien.

Y él ni siquiera sabía que estaba allí.

112

Ev y Andy lo habían ayudado a llegar al barracón. Ev lo ayudó a desvestirse. Andy subió a cenar y se ofreció a traerle algo de comer. Pero Tanner dijo que sólo quería dormir, y lo hizo. Ni tan siquiera recordaba cuándo había vuelto Andy.

Obviamente, Andy no volvió. Maggie sí.

Y había dormido toda la noche a medio metro de él. Cuidando de él. Y, salvo que se levantara y vistiera antes de que ella se despertara, probablemente también insistiría en vestirlo.

Movió con calma su dolorido cuerpo hasta quedar sentado al borde de la cama. Se sentía como si un herrero hubiera montado un taller dentro de su cabeza y estuviera trabajando sin parar. Le hubiera gustado quedarse sentado hasta despejarse del todo, pero sabía que, si hacía eso, ella se despertaría y lo descubriría.

Se puso en pie, haciendo una mueca al oír chirriar los muelles, seguro de que en cualquier momento Maggie abriría sus enormes ojos verdes. Menos mal que sólo suspiró y se movió ligeramente, frunciendo los labios como si estuviera besando a alguien.

Tanner desvió la mirada. Luego, pegando el brazo al pecho, se dirigió con cautela al baño.

Se habría dado una ducha, pero estaba seguro de que el ruido del agua contra la mampara despertaría a Maggie. Así que se contentó con cepillarse los dientes y humedecer una toalla con la que se frotó la cara y el torso, intentando no mover el hombro más de lo necesario.

Cuando terminó de secarse volvió sin hacer ruido al cuarto de las literas y alcanzó los pantalones.

—Espero que eso no signifique que piensas vestirte.

Se volvió de golpe, soltando una maldición por el dolor del hombro. Maggie seguía tumbada, pero había abierto aquellos enormes ojos verdes y los tenía fijos en él.

—¿Qué dem...? ¡Claro que sí! —se inclinó, levantando un pie e intentando meterlo por una pernera, algo difícil ya que sólo podía sujetarlos con una mano. Perdió el equilibrio.

Maggie se levantó de la cama vestida únicamente con una camiseta grandísima.

—¡Siéntate! —lo tomó del brazo derecho y lo obligó a sentarse en la cama junto a ella, tan cerca que sus muslos desnudos podían tocarse.

Por el rabillo del ojo podía ver la forma de sus pechos bajo la fina tela de algodón. Era algo en lo que no debió haberse fijado. No si quería conservar la cordura. Los dos jadeaban con fuerza.

—Vuelve a la cama, Robert —le dijo tras un instante—. Necesitas descansar.

—¡Pues si que voy a descansar mucho contigo bailando medio desnuda por la habitación!

A ella se le sonrojaron las mejillas.

—¡No estaba bailando! Estaba intentando cuidarte.

—No necesito que me cuiden.

—Tienes razón. ¡Eres tan duro y tan capaz y te desenvuelves tan bien solo! ¿Verdad?

—Lo intento —refunfuñó él.

—Y estás dispuesto a seguir así toda tu vida.

—Tengo que ser así, y lo sabes.

—No —le tocó la rodilla, y él reaccionó estremeciéndose.

—Déjalo —dijo entre dientes.

—No quiero dejarlo. Te amo.

—¿Qué intentas hacerme?

—Romper esos muros que has levantado a tu alrededor. Derribarlos. Liberarte —de nuevo le abría su corazón, se lo ofrecía con la mirada, dispuesta a que él lo tomara.

—¡Maldita sea, Maggie! —se pasó una temblorosa mano por el pelo—. ¿Cuanto tiempo crees que podré seguir resistiendo?

—No lo sé —dijo ella, suavemente—. ¿Cuánto crees tú? —un tenue rubor le cubrió las mejillas, pero no apartó la mirada. Se acercó a él lentamente y, con los ojos muy abiertos, lo besó en los labios.

La de Maggie era una boca dulce y cálida, que lo

atraía como un imán, y calmaba su hambrienta desesperación, aunque al mismo tiempo la aumentara.

Y Tanner no se pudo resistir.

Había luchado tanto tiempo y con tanta fuerza. Ya
no le quedaban fuerzas para luchar. Sólo podía disfrutar y tocar y saborear, únicamente abrir la boca y apretar los labios apasionadamente contra los de ella, rin-
diéndose y conquistando a la vez.

Pero incluso eso no era suficiente, como había imaginado. Quería más. Y más. La llevó de nuevo a la
cama, sus bocas aún unidas, y su cuerpo exigiendo el
derecho de réplica. Le dolía el hombro, limitando su
campo de acción, devolviéndole a la realidad, y por un
momento se echó hacia atrás.

Pero Maggie seguía mirándolo, seguía atrayéndolo.
Levantó una mano y le rozó la mejilla, acariciando su
barba de dos días. Pasó el pulgar por sus labios.

—Robert, deja de luchar. Ven aquí.

Había necesidades demasiado grandes y dolores demasiado fuertes. Si ella estaba dispuesta, si seguía deseándolo pese a conocer su peor secreto, él no podía
negarse.

Su pequeño pezón erecto bajo el algodón suplicaba
ser saboreado. Lo rozó con los labios.

Ella sintió un escalofrío.

—Sí, Robert, ¡Sí! —entonces, en lugar de quedarse
quieta y sumisa, levantó las manos y las deslizó por su
cuerpo, siguiendo la línea de sus costillas y acariciándole su torso. El roce de aquellos dedos sobre su piel
desnuda era como el fuego, ardiente y excitante.

Él deslizó las curtidas manos bajo su blusa, levantán-
dosela para poder admirar sus senos, para verlos ele-
varse y contemplar cómo temblaban al rozarlos, al in-
clinar la cabeza y humedecerlos con sus labios. Deseó
que el hombro no le doliera tanto. Deseó poder utilizar
ambos brazos y manos para proporcionarle todo el
placer que tanto tiempo había soñado.

Pero no tenía mucho tiempo para desear o concentrarse en su dolor. Maggie estaba sentada, besándole el

torso, acariciándolo con las uñas y con la lengua. Despertó en él unos temblores que hicieron que su pasión y su necesidad se concentraran.

—¡Maggie! ¡No! Vas a...

Ella se detuvo, con las manos aún sobre su torso, mientras lo miraba a los ojos.

—¿No te gusta?

—Por Dios, sí, me gusta. Va a...voy a...voy a... —se rió y sollozó a la vez, temblando—. Me gusta demasiado. Tenemos que calmarnos.

Ella sonrió, felina y enigmática.

—Pues nos calmaremos.

Se inclinó y le besó un pezón, luego el otro, y posando las manos sobre su pecho hizo que él se recostara, a la vez que alargaba la mano derecha para atraerla hacia sí y hacer que se sentara sobre sus muslos.

La camiseta se le había bajado por los hombros de nuevo y él se la subió. Maggie la agarró por el dobladillo y se la quitó con un movimiento sensual, arrojándola a un lado. Volvió a sentarse, sonriendo y mostrando sus senos desnudos.

Él no pudo evitar mirar, tocar. Sus dedos temblaban ligeramente al rozar la cima de sus senos, al hacer que sintiera escalofríos, al hacer que sonriera.

Recordó la primera vez que la vio: lo miraba como ahora. Pero entonces no sonreía; estaba preocupada, asustada. Cariñosa.

Ahora veía en sus ojos ese cariño, junto con la sonrisa. Hizo que el corazón le subiera a la garganta. Ninguna mujer, ni tan siquiera Clare, lo había mirado así, como si él fuese todo lo que siempre había esperado y deseado. No lo era. Lo sabía. Y ella.

Tenía que saberlo. Pero en ese momento él necesitaba disimular. Tan sólo durante un momento, durante unas pocas horas, deseaba ser ese hombre para ella.

Nuevamente sus dedos se alzaron para tocarla, para deslizarse por los senos, dibujando una línea hasta el centro de su cuerpo, lenta y deliberadamente, los duros callos contra la piel sedosa y suave. Bajó y bajó hasta que, por fin, muy por debajo de su ombligo, llegaron hasta ese minúsculo fragmento de tela que eran sus braguitas.

Su boca se transformó en una sonrisa. Nunca imaginó que una maestra llevara unas bragas tan escandalosas.

Siempre que desnudaba mentalmente a Maggie MacLeod, la despojaba de jerseys y de tejanos, de blusas y de faldas, para encontrarse con una ropa interior de algodón blanco, práctica, sensata. Ropa interior de maestra.

No ropa interior como ésa.

Ni en un millón de años se habría imaginado a Maggie con unas bragas que no eran más que un pedacito de encaje de color melocotón.

Tragó saliva, mirándolas y mirando a la mujer que las llevaba, esa mujer que lo había tentado más allá de todo aguante, que era más misteriosa y deseable que todas las mujeres que había conocido. Estaba quieta, mirándolo, esperando que hiciera otro movimiento.

No pudo esperar. Deslizó los dedos por debajo del elástico. Con el reverso de la mano acarició la suave y cálida piel de su vientre. Con las puntas tocó los suaves rizos que coronaban sus muslos. Agarraró el encaje con los dedos y tiró de él. Maggie se movió para hacerle sitio, para ayudarle a que deslizara las bragas por sus piernas, liberándose de ellas. Entonces, al sentarse nuevamente sobre él, deslizó los dedos por su pecho, entreteniéndose a jugar con su abdomen, hasta llevarlos más allá de los confines de sus calzoncillos.

Lo tocó. Un simple roce y él estuvo a punto de perder el control. Había esperado tanto tiempo, había soñado tanto. Lo había sentido en su pensamiento mil veces, y mil veces había sido incapaz de acercarse a la sensación real de tener su mano sobre él. Era suave, dulce, ligera como una pluma. Jugaba con él, excitándolo, torturándolo. Y de repente se hizo más audaz, más firme.

—¡Mag-gie! —su nombre sonó como una ronca expiración que le estrangulaba. Sus dedos buscaron su calor, su humedad. Vio cómo se mordía el labio al jugar con ella, al abrirla. Ella le agarró los calzoncillos y se los bajó, y él levantó las caderas para ayudarla.

Entonces quedó libre, el frío aire de la mañana rozando su carne ardiente, ansioso de que ella lo tocara, lo acariciara de nuevo, le dejara entrar en el calor de su cuerpo.

Estaba preparada. Estaba seguro, podía verlo, sentirlo. Pero antes necesitaba hacer una cosa.

—¡Maggie! En mis vaqueros. Mi cartera.

Ella frunció el ceño, pero comprendió qué le estaba pidiendo. Se agachó y tomó los pantalones, sacó la cartera y se la dio.

Con dedos torpes Tanner sacó el paquetito que había comprado antes del concurso de camisetas mojadas.

—Enséñame —susurró Maggie.

Él tomó aliento.

—Así —entonces cerró los ojos mientras ella lo hacía, luchando desesperadamente por controlarse. Estaba justo al límite, y apenas había terminado ella cuando él musitó:

—¡Ahora! ¡Déjame entrar! Por favor, Maggie. No puedo esperar más.

Maggie se relajó. El pelo le caía por el rosro, ensombreciéndolo, mientras con las dos manos lo atrajo hacia sí, guiándolo. Él se acercó al máximo, sintió su calor, su recibimiento. Se mordió el labio.

—Ahí —musitó—. No. Sí. Sí. Ahí.

—Ayúdame —susurró Maggie, y Tanner alargó la mano hasta la de ella, palpando, encontrando, ayudando.

—Sí —fue como un silbido. El sudor perlaba su frente mientras ella se cerraba en torno a él. Él la atrajo hacia sí, elevándose al hacerlo, necesitando estar dentro de ella, ser parte de ella por fin. Ella se tensó. Él notó una súbita barrera, se detuvo, y de repente ya no pudo detenerse.

Sus caderas se elevaron para conectarlos por completo. Con una mano tocó sus senos y jugó con sus pezones, al tiempo que con la otra comenzó a explorar levemente la suavidad de pétalos de la unión de sus muslos. Sonrió al ver que se retorcía y contoneaba al tocarla. Disfrutó con el rosa encendido de sus mejillas y sus labios, llenos de pasión y excitación.

Ella aceleró sus movimientos y Tanner acompasó los suyos, atrapado en una tormenta de deseo que nunca había conocido, capturado por una mujer a la que no comprendía, sintiendo una perfección hasta entonces desconocida pero perseguida una y otra vez.

Notó cómo el cuerpo de Maggie se contraía alrededor del suyo, notó cómo se estremecía y temblaba y lo abrazaba con todas sus fuerzas.

—¡Oh! ¡Oh, Robert!

Y se elevó por última vez, apurando su pasión dentro de ella, y cayó sobre el colchón, agotado, y la acercó a su pecho.

No sabía cuánto tiempo permanecieron así. Notó cómo su corazón latía con fuerza contra el suyo, acarició su espalda con manos aún temblorosas. Maggie reclinó la cabeza en la curva formada por su cuello y hombro. Luego, al recuperar el aliento, levantó la cabeza y se apartó ligeramente del pecho de Tanner para mirarlo y sonreír.

Le retiró el pelo de la frente.

Trazó la línea de sus cejas, deslizó un dedo por su mejilla hasta la comisura de los labios, haciendo que esbozaran una sonrisa.

Le besó la nariz.

—Te amo —dijo ella.

Y Tanner cerró los ojos y se aferró a ese momento, sabiendo que desaparecería demasiado pronto. Ya no podía seguir disimulando.

Se le había acabado el tiempo.

Capítulo Ocho

Llevaba mucho tiempo sin tomar la carretera. Demasiado. Debería haber dejado el Three Bar C antes. Cuatro años era demasiado tiempo para permanecer en el mismo sitio. Un hombre se hacía más vago, más blando si no se movía.

Lo que un hombre necesitaba eran espacios abiertos. Una furgoneta, un remolque, caballos, una silla de montar. Eso era lo que importaba. Nada más.

Era mejor no molestarse siquiera en decir adiós. ¿Quién sabe? Quizás los volviese a ver a todos algún día. O a lo mejor, no.

Tanner aspiró una gran bocanada de aire y la dejó salir lentamente, sintiendo la fría brisa nocturna sobre su brazo, apoyado en la puerta de la furgoneta. Estaba haciendo lo que debía. Lo único que se podía hacer.

Había dejado que Maggie derribara su última muralla. No le quedaba nada.

Con un poco de suerte, ella no se daría cuenta de su marcha hasta por la mañana. Para entonces él ya se encontraría a dos estados de distancia. Y no esperaba que mandase una patrulla en su busca. Demonios, cuando lo pensara detenidamente, le estaría agradecida por haberse librado de milagro.

Y había gente para encargarse de todo. Ev y Billy, por ejemplo. Les iría bien aunque él no estuviera. Y Andy, a quien había dejado una nota que decía:

Tienes lo que hace falta para ser capataz.

Andy estaría encantado.

Bueno, claro, estaba Abby. Pero se había detenido en el cementerio al pasar por allí. Aunque la noche era oscura como la boca de un lobo y la luna era sólo un

120

par de rayos que caían de la bóveda estrellada, Tanner se abrió paso hasta llegar a la lápida de granito de la tumba de Abby.

—Lo intenté —dijo al cabo de un rato—. Lo hice lo mejor que pude. Y si a ti no te parece lo suficientemente bien, lo siento. Tal como yo lo veo, sólo tenía una opción: fallarte a ti ahora o fallarle luego a Maggie.

No se quedó a ver si Abby respondía algo desde las alturas. Volvió a la furgoneta y se dirigió hacia el sur.

No tardó mucho en darse cuenta de que en esa ocasión la carretera era distinta. La excitación había desaparecido, el entusiasmo por ver lugares nuevos, por intentar cosas nuevas.

Todo eso volvería, se dijo a sí mismo. Hacía más de cuatro años que no se tomaba más que unos cuantos días libres; tardaría un poco en adaptarse.

No tenía ninguna prisa por encontrar otro empleo. Tenía dinero de sobra para salir adelante hasta que hubiera más trabajo, en otoño, así que se limitó a viajar. Visitó a viejos amigos en La Junta; pasó a ver a un antiguo socio de los rodeos que tenía un terreno cerca de Farmington. Dejó allí los caballos y el remolque, con la idea de recogerlos a principios del otoño. Y se dirigió al norte, hacia Cheyenne por Frontier Days, para ver montar a su hermano Noah.

—¡Hijo de...! —exclamó Noah cuando Tanner llamó a la puerta de su habitación del motel. Alargó la mano y arrastró a su hermano al interior de la habitación, donde otros cinco vaqueros descansaban en sillas y encima de las camas.

—Os acordáis de Tanner, ¿no? ¿Qué haces aquí? Pasé a visitarte en tu rancho cuando venía hacia aquí. Me dijeron que te habías ido —Noah lo miraba con incredulidad.

—Lo he dejado.

—Ven. Vamos a dar un paseo por la piscina —se llevó a Tanner hacia la piscina—. ¿Por qué demonios lo has dejado? Creí que te encantaba ese maldito rancho. Ni siquiera pude convencerte para que vinieras a Cheyenne el año pasado.

—Tuve mucho trabajo el año pasado.

Noah arqueó una oscura ceja.

—¿Y desde entonces el rancho ha aprendido a manejarse solo?

—Me harté. Te enteraste de la muerte de Abby…

Noah asintió.

—Sí, quise llamarte y decirte que lo sentía. Pero, vaya —sonrió—, menuda sustituta te envió. Esa Maggie es una mujer muy atractiva.

—¿Hablaste con ella? —las palabras salieron de sus labios antes de que pudiera reprimirlas.

—Claro. De hecho cené con ella. Fuimos a ese sitio tan bueno que hay en Kaycee.

—¿Saliste con ella?

—Claro. ¿Por qué no? —Noah lo miró lo más impúdicamente que pudo—. ¿Cuándo he dejado escapar a una mujer bonita?

—¡Mientras sólo cenaras con ella! —dijo Tanner, tenso.

—Ah, ya ¿Es eso? —Noah se recostó en una de las tumbonas y le sonrió a su hermano—. Abre la boca.

—¿Qué?

—Quiero ver el anzuelo.

Tanner apretó los dientes.

—No es eso. Lo que pasa es que te conozco, y no quiero que andes jugando con Maggie. Es una señora.

—Supongo que tú sí jugaste con ella.

Tanner se agachó y agarró a su hermano por la camisa, haciendo que se sentara.

—¡No estábamos «jugando»!

Noah lo miró, sorprendido, y sonrió débilmente.

—Lo que tú digas, hermano mayor —liberó su camisa de los dedos de Tanner y deslizó los pies para sentarse apoyando los antebrazos sobre las rodillas. Miró a Tanner con gesto serio.

—No lo entiendo. Cada vez que habla de ti se queda como bloqueada. Y tú casi me rompes la cara sólo por decir que estuviste con ella. ¿Qué pasa?

—Nada.

—Mírame a los ojos y repítemelo —dijo Noah.

—Cree que está enamorada de mí —murmuró.

Noah dio un ligero silbido.

—Eso es serio.

—Sí.

—¿Y tú crees que estás enamorado de ella?

—¡Trato de no pensarlo!

—Ah. Sí, eso me suena —Noah hizo una mueca y Tanner recordó que durante años su hermano creyó estar enamorado de Lisa Pickney, una amazona de pelo castaño que no tenía el menor interés por él. Al final, lo único que Noah pudo hacer fue intentar no pensarlo

—De todas formas, eso no importa —dijo finalmente Tanner—. No pienso volver a casarme.

—¿Por qué no?

—Acuérdate de lo que pasó con Clare.

—Sí, ¿Y? Maggie no es Clare.

—Pero yo sigo siendo yo.

Noah se rascó la cabeza.

—No sé qué significa eso. Es demasiado profundo para mí, hermano mayor. Pero creo que estás chiflado. Estoy seguro que si una belleza como ésa creyera estar enamorada de mí, yo no saldría corriendo en la dirección contraria.

—¿Te casarías?

—Si la chica fuera como Maggie...

Ante eso Tanner no podía decir nada. Se encogió de hombros. Noah lo miró con curiosidad, como si pudiera llegar a comprender a su hermano sólo con mirarlo fijamente. Tanner podía haberle dicho que no se molestara.

—Necesito un cambio —dijo, por fin—. Tenía pensado ir a ver a Luke después de que ganes en Cheyenne —esbozó una sonrisa.

Noah le devolvió la sonrisa.

—Sí...cuando gane en Cheyenne. Bueno, soñar no cuesta nada. Puede ser buena idea, ir a ver a Luke. Lo ví hace tiempo. Fue a Santa María una vez que estuve allí para un rodeo. Él, Keith y la chica de Keith. Pero es mejor que te des prisa. Se van a rodar exteriores a mediados de agosto, creo.

—¿Exteriores, dónde?

—No sé. Dijo que era una película del oeste. De esas en las que el héroe está dispuesto a todo. Vuelven a estar de moda, o eso espera Mallory, al menos. Puede que sea en Nuevo México o en Texas. Demonios, a lo mejor es en España, no sé. Luke viaja mucho.

—Quizás vaya con él —puede que España estuviera lo bastante lejos como para olvidarse del pelo rojizo y los ojos verdes, pensó Tanner estirándose en una de las tumbonas.

—Deberías ir a ver a Clare.

Tanner se sentó de golpe.

—¿Por qué demonios tengo que hacer eso?

Noah se encogió de hombros.

—Para poder seguir adelante con tu vida. Diablos, tal como yo lo veo, hermano, sigues casado con ella.

—¡No sigo casado con ella! En muchos aspectos —Tanner añadió en voz baja—, creo que nunca lo estuve.

—Puede que sí. Puede que no. Pero te diré una cosa, eres un condenado idiota por desperdiciar la ocasión con una mujer como Maggie.

—¿Desde cuándo te dedicas a dar consejos matrimoniales?

—Desde que decidiste tener menos cerebro que un mosquito.

—Bueno, si te vas a pasar toda la semana dándome consejos como ése, creo que pasaré de quedarme a verte montar.

Noah sonrió y estiró los brazos, gimiendo al notar cómo se le quejaban los músculos.

—Yo ya he dicho lo que tenía que decir. Ahora te toca a ti. Reflexiona sobre lo que te he dicho.

Tanner reflexionó sobre ello más de lo que le habría gustado. Aunque Noah no volvió a hablar de Maggie, era como si estuviera con ellos durante toda la semana. Había pausas en la conversación, períodos ocasionales de silencio que en cierto modo se llenaban con su recuerdo, con su imagen. Tanner se alegró cuando terminó aquella semana.

—He intentado ganar por ti —dijo Noah. Tenía un ojo morado, cortesía de su propio puño. Pero estaba en la fila de pagos.

—No se te dio tan mal —dijo Tanner—. Hiciste la ronda en poco tiempo. Terminaste el tercero. Bastante decente, diría yo.

—Hago lo que puedo —dijo Noah con modestia—. ¿Te vas ya?

—Mmm —Tanner le dio un apretón de manos—. Supongo que ya nos veremos. ¿Dónde se te puede enviar el correo?

—A Durango —le dio a Tanner el número del apartado de correos.

—Te escribiré contándote dónde acabo.

—No dejes de hacerlo —Noah seguía sin soltar la mano de Tanner—. ¿Sabes lo que de verdad me gustaría que me mandaras?

—¿Qué?

—Una invitación de boda.

Afortunadamente, Luke no sabía nada de Maggie. Y si le sorprendió ver aparecer a su hermano una mañana de agosto en su casa del sur de California, no lo demostró.

—¿Interrumpo... algo? —preguntó Tanner mientras Luke, con ojos legañosos y vestido sólo con unos pantalones cortos, daba un paso atrás para dejarle entrar.

Luke Tanner sonrió de medio lado.

—Crees que tengo el cuarto lleno de aspirantes a estrellas, ¿no?

—A lo mejor es simplemente que estaba deseándolo —Tanner dejó en el suelo su bolsón de lona y echó un vistazo alrededor.

La casa de Luke, de dos pisos y estilo español, muy cerca de la blanca arena de la Bahía Sur, no se parecía en nada al tipo de lugar al que estaba acostumbrado Tanner. Y por si la casa no fuera suficiente, el Porsche plateado, y la Harley metalizada que descansaba junto a la puerta de servicio, confirmaban la prosperidad y el estilo de vida de su hermano.

—Bueno, estoy seguro de que te podré encontrar a alguien apropiado —dijo Luke tras un instante—. Sólo tienes que decirme en qué estás pensando.

Pero lo único en lo que Tanner podía pensar era en Maggie. Allí donde iba estaba Maggie. Antes de pasar la semana con Noah, había sido incapaz de olvidarse de ella. Pero Noah, al verla y formarse su propia opinión, hizo que le fuera imposible olvidarla. Y ahora, ni siquiera las vistas y sonidos del sur de California conseguían quitársela de la cabeza.

—Necesito dormir un poco —le dijo a Luke, que le indicó la dirección del dormitorio.

Pero al dormir, soñó como en cualquier parte. Y los sueños trajeron a Maggie.

Luke no le hizo preguntas. Se llevó a Tanner al rodaje, a fiestas, a la playa y hasta a México, a pescar en altamar durante unos días. Le presentó a un montón de mujeres hermosas, la mayoría de las cuales lo miraban y sonreían, fascinadas ante la idea de que fuera «un vaquero de verdad».

Tanner se lanzaba de lleno a todo cuanto Luke le proponía, con la esperanza de que eso ocuparía su pensamiento, pero en cierto modo siempre había una parte de ese pensamiento que se preguntaba qué estaría pasando en el Three Bar C, si Andy podría arreglárselas, cómo estarían Ev y Bill, si Maggie se acordaría de él tanto como él de ella.

Finalmente, tras tres semanas sin experimentar ninguna mejoría, Tanner decidió que era el momento de seguir adelante.

—No hace falta que te vayas —le dijo Luke—. El lunes me voy a Utah, para rodar la nueva película, pero tú puedes quedarte en casa todo el tiempo que quieras.

Pero quedarse en un sitio, aunque fuera un paraíso

para solteros, que era la versión del sur de California que Luke conocía, no iba a solucionar el problema de Tanner. Necesitaba ponerse a trabajar de nuevo.

Segar heno no era el trabajo ideal para ningún vaquero. Prueba de la desesperación de Tanner fue el hecho de que cuando su amigo Gil, el dueño de un rancho cerca de Farmington, le propuso que le ayudase con el heno, él aceptó prácticamente al instante.

Gil lo miró desconcertado.

—¿Llamo a un médico? — le preguntó a su mujer.

Jenn negó con la cabeza.

—No para este tipo de enfemedad.

—No estoy enfermo —dijo Tanner secamente.

—No —asintió Jenn amablemente—. Estás enamorado.

—¿Por qué demonios dices eso?

Jenn sonrió.

—Conozco los síntomas. Malhumorado, deprimido, inapetente o insomne. Si California no pudo quitártelo de la cabeza, es que estás en muy baja forma, Tanner. Y el que aceptaras ayudar con el heno, bueno... —se encogió de hombros—, eliminó toda duda.

—Sólo quiero ayudar a un viejo amigo —murmuró—. Aunque ese viejo amigo tenga una mujer fisgona y entrometida.

Jenn se rió.

—Lo que tú digas, Tanner. Lo que tú digas.

Pero segar el heno, por muy aburrido, duro, caluroso y monótono que fuera, tampoco ayudó. Después de semana y media, no estaba más cerca de olvidar a Maggie que antes. Era porque tampoco le ocupaba lo suficiente el pensamiento, decidió Tanner. Neesitaba un desafío.

—La semana que viene me voy a Durango a domar un potrillo — le dijo a Gil.

—¿Estás loco? Hace años que no participas en un rodeo. Te destrozarás la rodilla. O volverás a dislocarte el hombro. O te romperás el cuello. Y luego... —y entonces Gil, que había llegado a creer todas las especulaciones de Jenn, miró fijamente a Tanner— quizás es eso lo que quieres...

—No seas cretino —gruñó Tanner—. Firmé hace un par de semanas. Pensé que si no quería, podría anularlo. ¿Quieres venir?

—¿Para verte sangrando y con todo roto? No, gracias.

Así que Tanner se fue sólo.

—Volverás después, ¿no? —le preguntó Jenn.

—Si Noah está allí, probablemente siga con él durante un tiempo...

—Entérate de dónde hay un buen hospital —dijo Gil con sequedad.

—Gracias por la confianza —dijo Tanner con tono amargo. Se subió a la furgoneta—. ¿Te importa guardar los caballos y el remolque un poco más?

—Los apuntaremos en tu cuenta —sonrió Gil.

Tanner sonrió a su vez.

—Supongo que me lo debes por todo el heno que he segado.

—Eso era una terapia—dijo Gil—. Debería haberte cobrado. Lo habría hecho, pero no te sirvió de mucho, ¿verdad?

—Todavía no —dijo Tanner—. Ya nos veremos.

Noah estaba en Durango. Montó y ganó. Tanner no lo hizo mal. Recibió algún que otro golpe, pero sin sangre. El hombro siguió en su sitio. La rodilla no se le torció.

—No está mal para un viejo —dijo Noah después, mientras tomaban una cerveza—. ¿Dices en serio lo de acompañarme durante un tiempo?

—Sí —y era cierto. Porque el montar exigía una total concentración. Durante ocho segundos no había pensado en Maggie en absoluto. Por algo se empezaba.

Viajar con Noah era toda una experiencia. Recorrieron todos los estados del oeste, tomaron un avión en algún lugar de Alberta un jueves por la noche, volaron a Alburquerque la noche siguiente, se montaron en la furgoneta y condujeron de nuevo tras el rodeo. Tanner participó en todos, rogando que le durara la rodilla, que el hombro no se le dislocara. Era una locura. A diferencia de Noah, no tenía posibilidad de competir en la FNR. Era otra forma de terapia, otra manera de intentar llenar su vida, de olvidar el Three Bar C y a Ev y a Bill y, sobre todo, a Maggie. Sólo que era algo más drástico que todo lo que había intentado hasta entonces.

Intentó no quejarse al despertarse por la mañana. Trató de no refunfuñar al bajar de la furgoneta después de pasar horas en la carretera. Sólo se plantó cuando Noah dijo que iban a Bluff Springs.

—No es para tanto —dijo Tanner—. Puedes pasar de ir.

—Que me aspen si me lo pierdo. Me ha tocado Hotshot de Haverell.

Tanner lo comprendía. Hotshot era un potrillo de la FNR. Un vaquero al que le tocara y lo rechazara sería un idiota, por perder la oportunidad de una victoria casi segura. Especialmente alguien como Noah, que estaba en undécima posición en la clasificación. Faltaba mucho para noviembre. Muchos caballos. Muchos kilómetros. Muchos rodeos. Y no se podía saber qué pasaría al día siguiente.

Casi siempre se estaba bien. A veces, y Tanner lo sabía muy bien. Así que se soñaba. Se conducía. Se volaba. Se montaba. Y se aceptaban los días tal como venían.

Fueron a Bluff Springs.

Y Tanner deseó no encontrarse con Clare.

En Bluff Springs, el caballo que le correspondió se llamaba Deal's Rampage.

—Un huracán —le dijo Noah.

El hombro de Tanner había sobrevivido hasta entonces, a duras penas. No sobrevivió a Rampage. De hecho, notó cómo se dislocaba casi nada más abrir la puerta. El caballo se revolvió hacia la derecha, agachando la cabeza, dando vueltas, y Tanner, al aferrarse, no pudo resistir la tensión.

Apretando el brazo contra el estómago, salió de la pista.

—¿Quieres que llame al médico? —le preguntó Noah. Ya había montado, con una puntuación de 87, y no tenían que estar en Salida hasta el día siguiente. Estaba más que dispuesto a buscar un médico. Los médicos de urgencias también estaban por allí, intentando ayudar.

Tanner negó con la cabeza. Apretó los dientes e intentó volverse a colocar el hombro. El dolor casi lo cegó. Se le escapó una maldición.

—Vamos a buscar un médico —dijo Noah.

—Puedes colocármelo tú —dijo Tanner. Se abrió paso hasta la furgoneta, hizo que Noah bajara la puerta de atrás y se tumbó sobre ella, dejando que le colgara el brazo—. Tira de él —ordenó.

Noah temblaba.

—Tira —dijo Tanner de nuevo.

Noah tiró.

Tanner se desmayó.

—Hola, Tanner —era una voz dulce, con acento sureño.

Tanner volvió a parpadear, viendo los enormes árboles, las nubes blancas, el cielo azul...y a Clare. Frunció el ceño, trató de levantar un brazo para frotarse los ojos, sintió dolor, recordó lo que había pasado y gimió. Con cuidado, echó un vistazo alrededor. Seguía tumbado en la puerta trasera de la furgoneta, aunque ahora estaba boca arriba. Veía a Noah junto a la verja, muy ocupado con sus aparejos, que no estaba pendiente de ellos dos. Pero sobre todo veía a Clare.

—Russ te arregló el hombro —dijo Clare.

Russ. El médico que atendió el parto. El hombre que había animado a Clare a salir de su depresión, que consigió que volviera a interesarse por algo, que la ayudó a lograr lo que quería. El hombre que había creído en ella, que la había apoyado. Que se había casado con ella.

Tanner no dijo nada. No hubiera podido, ni aunque su vida dependiese de ello.

—Trajimos a los niños al rodeo —prosiguió Clare sin perder un instante—. No tenía ni idea de que estuvieras...Quiero decir, nunca pensé... —se ruborizó ligeramente y apartó la mirada, y volvió a mirarlo—. De todas formas, cuando te desmayaste, Noah les hizo llamar al médico.

—¿Y los de la unidad móvil? —preguntó Tanner con voz ronca.

—Estaban ocupados con otro jinete. Russ está ahora con ellos. Me dejó vigilándote. ¿Quieres... quieres que te traiga algo de beber?

Tanner negó con la cabeza y movió las piernas, intentando incorporarse. Se sentía mareado y desorientado. No quería ver a Clare ni en su mejor momento. Y tenía muy claro que no quería verla ahora.

Volvió a mirar a Noah, recordando lo que su hermano había dicho que debía hacer, preguntándose si, de alguna manera, Noah lo había preparado todo. En ese mismo momento Noah le devolvió la mirada. La de Tanner sombría, la de Noah desafiante.

Tanner volvió la cabeza.

—Ha... pasado mucho tiempo —dijo finalmente Clare.

—Sí.

—Tienes buen aspecto. Aparte de los rasguños, quiero decir —volvió a sonrojarse—. Es un poco violento, ¿verdad?

—Sí.

—Siempre fue así —dijo Clare después de un rato—. Nunca hablamos mucho.

—No —Tanner miraba fijamente la punta de sus botas—. Fue culpa mía, no tuya. Tú hablabas. Yo era demasiado joven e idiota —dijo finalmente—. Creí que funcionaría sin que tuviéramos que hablar.

Nunca antes se había confesado así delante de ella,

y ya había pasado demasiado tiempo como para que sirviera de nada. Pero él sabía que, a pesar de todo, tenía que decirlo, tenía que hacer borrón y cuenta nueva.

—Yo lo hice tan mal como tú —dijo Clare con timidez—. Teníamos unas esperanzas irreales. Y tú tenías muchísimas responsabilidades, demasiadas para alguien que apenas ha cumplido los veinte. Quería ayudarte, pero acabé convirtiéndome en una persona distinta. Lo siento.

—No te disculpes —dijo Tanner bruscamente—. ¡Por el amor de Dios, no lo hagas! Si alguien debe pedir perdón, ése soy yo. Yo... nunca estuve junto a ti. O... —tragó saliva y la miró a los ojos—, junto al bebé. Lo siento.

Tímidamente, Clare alargó la mano y acarició la de Tanner. Vio que la de ella ahora era dura y fuerte, llena de callos. La mano de una trabajadora. Había madurado tanto como él. Más, probablemente. Había seguido adelante, se había casado, tenido hijos. Giró la mano y agarró la de ella. Tenía la visión borrosa. Parpadeó, esperando que los ojos se le aclararan antes de volver a mirarla.

—¿Así que eres enfermera?

Ella asintió.

—Yo te sujeté mientras Russ te colocaba el hombro. Y ni siquiera me acobardé —le sonrió.

—¿Por qué ibas a hacerlo? —dijo él esbozando una sonrisa—. Era yo el que sentía los dolores.

—Ni siquiera te dabas cuenta —le recordó.

Se miraron mutuamente durante un buen rato. Él recordó lo adorable que había sido ella. Seguía siendo atractiva, pero en cierto modo lo que sintió por ella no se podía comparar con lo que sentía por Maggie. ¿Era cuestión de hormonas adolescentes contra atracción adulta?, se preguntó.

Dudó, y luego preguntó:

—¿Eres feliz?

Clare miró hacia donde estaba aparcada la ambulancia y luego a un par de niños que hablaban con Noah. Después se volvió hacia Tanner.

—Sí.

—¿Son tus hijos?

—Sí. Dan tiene nueve años. Kevin, cinco.

Eran rubios como su madre y altos como su padre. Tanner se preguntó qué aspecto habría tenido el hijo que tuvo con Clare. Sintió cómo se le cerraba la garganta. Tuvo que tragar saliva dos veces antes de poder decir:

—Son guapos.

—Gracias —se detuvo—. ¿Tú tienes hijos?

Él negó con la cabeza.

—¿Estás casado?

—No.

—¿Nunca? ¿No te has casado nunca, Tanner? —ladeó la cabeza, mirándolo con cierta preocupación.

Él apartó la mirada.

—No.

—¿Es... —dudó— por nosotros?

Quería mentirla. No pudo. Se encogió de hombros.

—Creo que no estoy hecho para el matrimonio. No lo hice muy bien contigo.

—No lo hicimos bien ninguno de los dos.

—Este te ha salido bien.

—Y tú ni lo has intentado —lo dijo suavemente, pero Tanner captó la sutil acusación—. Eso es lo único que jamás me habría esperado de ti.

—¿Qué?

—Que fueras de los que se rinden.

—He pensado —le dijo Tanner a Noah a la mañana siguiente—, que podría dirigirme al norte y buscar un trabajo. Ya es casi la temporada de marcado y tengo muy claro que no puedo domar potros.

Russ, el marido de Clare, se lo había dejado muy claro la tarde anterior. Había sido muy cordial y profesional. Le preguntó a Tanner por el hombro, escuchó

133

cuántas veces se le había dislocado y le dijo que estaba loco si pensaba volver a montar. Habló de operar y de acentuar los ejercicios, y de la responsabilidad personal y del comportamiento adulto. Tanner captó lo que quería decir.

Pero peor que la amenaza del quirófano era el recuerdo de las palabras de Clare. «Que fueras de los que se rinden».

Él tampoco se veía así. Puede que fuera de los que no empezaban algo, por lo menos en lo que se refería a Maggie, pero simplemente había intentado protegerla. ¿No?

¿O se había estado protegiendo a sí mismo?

Esa pregunta bastó para tenerlo despierto toda la noche, dando vueltas, maldiciendo el dolor y los calmantes que Noah le hizo tomar.

—Parece buena idea —dijo Noah—. ¿Dónde tienes pensado ir?

Tanner se encogió de hombros.

—Supongo que ya veré qué surge por el camino.

Si Noah sospechó lo que de verdad estaba pensando, tuvo el suficiente tacto como para no hablar de ello.

—El lunes volvemos a Durango —dijo—. Puedes recoger entonces tu furgoneta.

Se detuvo en Kaycee para echar gasolina y para explorar un poco. No podía ir directamente al Three Bar C sin echarle antes un vistazo de reconocimiento al terreno. Demonios, se había dicho a sí mismo unas cien veces mientras conducía hacia el norte, que a lo mejor Maggie se había cansado y había hecho las maletas. A lo mejor ahora ni siquiera estaba en el rancho.

—¡Vaya! ¿Qué te parece? ¡Tanner ha vuelto! —dijo Rufe en la gasolinera—. ¿Dónde has estado, sinvergüenza?

—Por ahí —dijo Tanner echando la gasolina—. Carretera abajo.

—¿Piensas quedarte?

134

—No lo sé. ¿Cuándo es el marcado en el Three Bar C? Rufe parpadeó.

—¿Quieres decir que no te has enterado?

—Ya te lo he dicho, he estado fuera. ¿Por qué? ¿Pasa algo? —Tanner sintió cómo le subía la ansiedad.

—No, ahora no. El chaval lo pasó mal durante un tiempo, pero el otro día dijo que suponía que era lo mejor que podías haber hecho por él: tirarlo y esperar que flotara —sonrió Rufe.

—¿Te refieres a Andy? ¿A Rata?

Rufe escupió en el suelo.

—Ése. No hace falta que le sigas llamando así. Yo creo que se ha ganado un nuevo apodo.

Tanner sonrió y terminó de llenar el depósito. Bueno, por lo menos el rancho no se había venido abajo. Y Andy parecía haberse ganado el respeto de los lugareños.

—Han empezado a marcar esta misma semana —dijo Rufe—. Seguro que se alegrarán de verte, especialmente Maggie. Siempre hablaba muy bien de ti.

—¿Sí? —preguntó Tanner, atreviéndose a concebir esperanzas.

Al acercarse, vio que nada había cambiado. Estaba igual de cálido y acogedor. Parecía un hogar. Y dentro de poco vería a Maggie. Le latía el corazón. Tenía la palma de la mano sudorosa y la boca más seca que las llanuras del desierto. Aparcó la furgoneta junto a la casa y subió por la escalera de atrás.

Agarró el picaporte y se detuvo. Recordó la primera vez que fue allí a ver a Maggie, cuando él encajaba en el ambiente y ella no. Se humedeció los labios, levantó la mano y dio unos golpes.

Pasó todo un minuto antes de que oyera pasos. Se abrió la puerta. Maggie estaba frente a él con su hermoso cabello rojizo y su preciosa piel de marfil, con sus pecas y sus labios tan deseables. Pero en sus labios no había sonrisa ni bienvenida. Y en sus ojos no quedaba nada de la alegría que tantas veces había visto, que había terminado por esperar cada vez que la veía.

Parecía sorprendida.

Pero no era nada comparado a cómo se sentía él. Aunque había sido incapaz de olvidarla en aquellos escasos tres meses, no esperaba en absoluto que el deseo que sintiera nada más verla de nuevo fuera tan intenso. Era algo magnético, esa atracción que sentía por ella. Y sólo la frialdad de sus ojos y la imagen de John Merritt en la mesa de la cocina hicieron que se quedara quieto.

—Maggie —su voz sonaba algo oxidada.

—¿Qué quieres? —la de ella sonaba fría como el acero.

«Abrazarte», pensó él. «Besarte y amarte. Volver a empezar e intentarlo de nuevo».

—Un trabajo —dijo él. Fue todo lo que se le ocurrió. No podía decir lo que de verdad quería decir. No en ese momento, no mientras ella lo miraba de ese modo, no mientras Merritt siguiese allí sentado, mirándolo.

—¿Estás de paso? —dijo ella con tono severo.

«¡No, maldita sea!», quería gritar. «¡He vuelto para siempre! He vuelto para quedarme».

Pero no conseguía que las palabras salieran de sus labios. Apretó los puños y alzó ligeramente los hombros mientras esbozaba una sonrisa.

—Más o menos —era un error, un error completo, y lo sabía. No debió volver. Debió haberlo imaginado.

¿Cuándo aprendería que no sabía nada de nada acerca de una relación? Maggie no lo quería allí después de lo que había pasado entre ellos.

Se metió las manos en los bolsillos y se dio la vuelta.

—Déjalo —dijo, y empezó a bajar las escaleras.

—Espera.

Se detuvo a medio camino y se volvió a mirarla.

—De acuerdo. Quedas contratado. Empezamos con el número ocho. Te pagaré dos semanas, desde mañana. Ya sabes dónde está el barracón.

Capítulo Nueve

En el barracón vivían otros tres tipos. Andy no estaba. Según Maggie, hacía dos meses que se había trasladado de nuevo a la casa. Fue lo único que le dijo. Por lo demás, se mostró tan fría e impersonal como una de esas figuras con la imagen de un indio que decoraban los estancos.

Parecía no sentir nada por él. Era como si lo que había pasado entre ellos les hubiera pasado a otras dos personas. Le había dado la espalda y sólo hablaba con Merritt. No quedaba nada.

Por lo menos, dentro de Maggie.

Tanner deseó sentir lo mismo. Pero si se había pasado medio viaje esperando no sentir nada, y el otro medio temiendo no poder sentir, ahora sabía sin ninguna duda que amaba a Maggie MacLeod.

Y no podía decírselo. Imposible, cuando ella parecía dispuesta a dispararle entre los ojos por siquiera intentarlo. No, eso tampoco era verdad. Lo que hacía era quedarse mirándolo fijamente, como si hablara un idioma extranjero, y marcharse después.

Casi era mejor que Andy no estuviera en el barracón a su llegada, pensó. No sabía qué pensaría de su regreso. No sabía qué le había contado Maggie acerca de las circunstancias por las que se había ido.

La nota que dejó fue tan sucinta e impersonal como pudo. Escribió algo acerca del ansia de ver mundo y de seguir su camino, acerca de lo seguro que estaba de que Andy podría apañárselas.

Había intentado dejarle otra nota a Maggie, pero no se le ocurrió nada. No hubo forma de decirle lo que sentía. Y, al final se convenció a sí mismo de que ella

137

entendería por qué se iba. Sabía mejor que nadie, excepto Clare, lo mal que funcionaba en una relación.

¿Se lo habría contado a alguien? se preguntó. ¿Se lo habría contado a Merritt?

Pero si Maggie se mostró totalmente indiferente, Andy esaba encantado de verlo. En la cara del muchacho apareció una enorme sonrisa cuando fue esa noche al establo y vio a Tanner.

—¡Eh, Tanner! ¡Has vuelto! ¡Fantástico! ¿Has visto a Maggie? ¿Te ha contado lo de la yegua? ¿Te ha enseñado lo grande que está Grace? ¿Has visto las ovejas?

—Acabo de llegar, Rata —dijo, y sonrió—. Y me han contado que ya no te mereces ese apodo.

—¿Quién te lo ha dicho? —preguntó, radiante.

—Rufe.

—Espero que sea verdad.

—Rufe no lo diría si no lo fuera.

—Bueno, entonces te lo debo a ti. Tú me enseñaste y dejaste que adquiriese experiencia por mí mismo. Poca gente habría tenido esa confianza.

Tanner se pasó una mano por la nuca, incómodo al ver que Andy aprobaba lo que sólo había sido desesperación por su parte.

—No lo sabía —dijo bruscamente—. Podías haber fracasado.

—Podía —dijo Andy—. Pero hasta ahora no me ha ido mal. Y contigo aquí para el marcado, supongo que seguirá igual. Te vas a quedar, ¿verdad?

—Para el marcado.

—¿Nada más?

—Ya veremos —dijo Tanner.

Andy le pasó un brazo por el hombro.

—Venga, vamos a casa a comer algo.

El entusiasmo de Billy igualó el de Andy. Se lanzó sobre Tanner desde el porche. Parándolo con el aún magullado hombro, Tanner hizo una mueca de dolor.

—¿Qué pasa? —preguntó Andy.

—Hace una semana o así me volví a dislocar el hombro —miró a Maggie, sentada en el porche pelando y cortando manzanas para hacer compota. Recordó la última vez que se había lastimado el hombro y cómo ella estuvo toda la noche a su lado. También recordó lo que pasó después de esa noche.

El rostro de Maggie era deliberadamente inexpresivo. Siguió pelando y cortando y ni siquiera lo miró.

—¿Ya lo tienes bien? —preguntó Andy.

Tanner asintió.

—Podré trabajar, si es lo que te preocupa.

—No es eso —protestó Andy—. Nos da igual que trabajes o no. Nos encanta que hayas vuelto, ¿verdad?

—Puedes jurarlo —dijo Billy.

Maggie no dijo nada.

Tanner no estaba seguro de si alguien más se daba cuenta de que ella no le dirigía la palabra. Había suficiente gente para que la conversación no decayera. Stoney y Wes, dos de los vaqueros que compartían con él el barracón, estaban cenando allí, y Maggie hablaba largo y tendido con ellos. Habló con Andy acerca de las ovejas y con Ev sobre quién cocinaría y sobre los platos. Después de cenar ayudó a Billy con las matemáticas y luego estuvo hablando por teléfono con alguien mucho tiempo. Tanner no sabía con quién. Probablemente sería Merritt, porque no estaba allí.

Pero ella no le dirigió la palabra en ningún momento. Ni siquiera lo miró.

Por lo menos hasta que se dispuso a irse. Estaba a punto de salir por la puerta camino del barracón cuando se dirigió directamnte a ella.

—¿Algo en particular que quieras que haga mañana?

Entonces ella lo miró.

—Pregúntale a Andy. Él es el capataz.

En realidad, fue Andy quien le preguntó a él. El muchacho había aprendido un montón durante el verano, pero nunca había dirigido un marcado. Y, a medida que pasaban los días y había que reunir el ganado y llevarlo, pasó mucho tiempo consultando a Tanner.

—Sé que te estoy preguntando mucho —se disculpó—. Quiero decir, soy el capataz y no dejo de preguntarte cosas, pero...

—No me importa —le aseguró Tanner.

Le gustaba ayudar. Le hacía sentir que colaboraba en algo, que no estaba malgastando su tiempo por completo. No habría tenido esa sensación a raíz tan sólo de sus escasos encuentros con Maggie.

Maggie se comportaba como si no supiera que estaba vivo.

Intentó que Ev hablara con él, pero Ev tampoco estaba muy hablador.

—¿Qué tal fue todo mientras estuve fuera? —dijo la primera vez que pudo acorralar a Ev, lo cual no sucedió hasta la tercera noche.

Ev estaba preparando los tomates para el invierno, y siguió concentrado en sus botes y tapas y sus tenacillas durante un buen rato antes de contestar. Miró a Tanner por encima de sus gafas de montura fina.

—Si de verdad te importase —dijo finalmente—, no te habrías ido.

—Estás resentido conmigo por haberme ido.

—Demonios, no —dijo Ev, cerrando la tapa de la enlatadora—. ¿Por qué iba a estar resentido? Siempre supe que no se podía contar contigo. Nunca entendí por qué confió Abby en ti.

—Eso no es cierto —dijo Tanner con calma—. Tú confiaste en mí tanto como ella.

Ev se volvió y lo miró duramente, con las manos en las caderas y la barbilla sobresaliendo ligeramente del blanco delantal manchado de tomate.

—Yo también soy un idiota.

—No podía quedarme —dijo finalmente Tanner. Con la punta de la bota trazó una línea sobre el suelo.

—Sí, ya lo sé. Porque fuiste un cobarde.

Se sintió herido por esas duras palabras. Tanner abrió la boca para negarlo, pero no pudo.

—Quizás —admitió. Se frotó la nuca, intentando relajar la tensión de los músculos—. Quizás lo fui.

—¿Y para qué vuelves ahora? —preguntó Ev.

—A lo mejor he reunido algo de valor.

Ev resopló.

—¿Sí? —no tenía aspecto de haberle creído—. ¿Y ahora esperas que Maggie te reciba con los brazos abiertos?

—Ya la he visto, y no ha sido así.

—Sí, bueno. A diferencia de alguno de nosotros, Maggie no es ninguna idiota.

—No —dijo Tanner con dureza—. No lo es.

Pero él sí lo era. Tenía que serlo para seguir esperando de aquella manera. Porque ella no le daba ninguna esperanza. Trabajó mucho y muy duramente cada día, llevando el ganado, clasificándolo, enseñando a Andy a separarlo y a prepararlo para venderlo.

La única recompensa era el trabajo en sí. Le daba una sensación de triunfo que no había tenido desde hacía meses. También había echado de menos eso.

Había echado de menos el rancho, la planificación, el trabajo, la sensación de agotamiento y la satisfacción al final de una dura jornada.

Había echado de menos cabalgar en campo abierto sobre Gambler contemplando la tierra, observando cómo cambiaban los colores, cómo las sombras se encogían y alargaban. No había ningún lugar en el mundo al que amase tanto como amaba esa tierra. No comprendió lo unido que estaba al Three Bar C hasta que dejó de ser suyo. Durante los últimos tres meses se había sentido perdido. Se había echado a la caretera sin pensar siquiera en lo que dejaba tras de sí. Ahora comprendía que había echado de menos el rancho, casi tanto como a Maggie.

Y estar de vuelta era un placer agridulce, ya que el marcado terminaría en menos de una semana, pensó mientras refrescaba a Gambler el viernes antes de la cena. Si para entonces Maggie no se había suavizado respecto a él, su situación no sería mucho mejor que antes de regresar.

De hecho, se encontraría mucho peor.

—La cena estará en media hora —le dijo Andy cuando salió del establo— Mag se está retrasando esta noche. Duncan acaba de llegar. Ha venido a echar una mano.

—¿Duncan? —Tanner se sorprendió por ello.

Andy sonrió.

—Es una epidemia. Según Ev, hemos pillado la fiebre de rancho. Dunc volvió un par de veces después de que te fueras en verano. Se esá convirtiendo en un ayudante bastante aceptable.

Tanner esbozó una sonrisa por el comentario de Andy acerca de que alguien se convirtiera en un buen ayudante.

—Mañana le echaré un vistazo —prometió.

—Vale. ¿Quieres echar una partida de Intelect con nosotros después de cenar? —preguntó Andy entusiasmado. Luego adoptó una expresión más triste y negó con la cabeza—. Aunque supongo que te irás al centro con Wes, Stoney y Jim.

De hecho, Wes le había invitado esa mañana a que los acompañara. Los tres jóvenes tenían ganas de pasar una noche de viernes en Casper. Tanner se dijo a sí mismo que probablemente sería mejor idea irse con ellos. Estaba seguro de que tendría una acogida más cálida en cualquier bar de Casper que en el salón de Maggie.

—Vale, echaré una partida —dijo. Era su último cartucho. A lo mejor ella le hablaba, se abría un poco, y después del juego él podía sugerir que fueran a dar un paseo.

La primera parte de su plan ideal funcionó tal como estaba previsto. Maggie le habló.

—Creí que no te gustaban los juegos —dijo, mirándolo duramente cuando él entró y se acercó a la mesa donde estaba sentada junto a Andy y Ev, con las fichas del Intelect esparcidas ante ellos.

—Un hombre tiene derecho a cambiar de opinión —dijo Tanner. La sonrió, esperando una sonrisa por su parte. Ella bajó la mirada hacia las fichas. Se sentó frente a ella y estiró las piernas, chocando con las suyas. Maggie las retiró rápidamente.

—Oye, Tanner —dijo Billy, sentado en el suelo junto a Duncan—. Duncan me está enseñando lo de la gravedad y los imanes y esas cosas. ¿Quieres verlo?

—Luego, ¿de acuerdo, muchacho? Me ha dicho Andy que vas a echar una mano este fin de semana —le dijo a Duncan.

—Se hará lo que se pueda —contestó Duncan.

—Bueno, sigamos con esto. Nunca me imaginé que terminaría jugando al Intelect —dijo Ev como si fuera una palabrota—. Ab y yo solíamos jugar al póquer. Bueno, he estado buscando palabras en el diccionario para poder tener alguna posibilidad contra gente tan lista como vosotros. Vamos a jugar.

Entre los «listos», supuso Tanner rápidamente, no estaba incluído él. Ni en sus mejores momentos se podía considerar que tuviese un buen dominio del lenguaje y, encima, ése no era uno de sus mejores momentos.

Pero le hubiera ayudado tener alguna idea de lo que estaba pasando allí. Estaba tan perdido que habría puntuado lo mismo si las fichas estuvieran en griego.

Se limitaba a mirar a Maggie. Recordó su aspecto cuando fue a rescatarla la noche que la vaquilla se puso de parto. Recordó cómo se sintió ella al sorprenderlo saliendo del riachuelo. Recordó cómo lo acogió entre sus brazos, en su cuerpo cuando...

—Maldita sea, Tanner —dijo Andy—. He dicho que te toca a ti.

—¿Eh? Ah, sí, es verdad —observó, sin prestarles atención, las fichas que tenía ante sí, con el cuerpo tenso y la mente agotada. Desesperado, despositó unas cuantas fichas en el tablero.

—Ya está.

Andy frunció el ceño. Ev se rascó la cabeza.

—¿Qué es eso?

—Tivurón —dijo Tanner—. Es un pez —al menos eso creía él.

—Tiburón se escribe con B —dijo Maggie.

—Oh —se puso colorado. Retiró sus fichas y volvió a intentarlo. Sólo se le ocurría Buzón, pero le faltaba una Z, así que eso no valía. Removió una y otra vez sus fichas.

—¿No hay límite de tiempo? —se quejó Ev—. Estás tardando mucho.

—Bien —dijo Tanner. Puso un par de fichas, formando Un, con lo que consiguió cuatro puntos. Y, dado su estado mental, podía dar gracias por esa ocurrencia.

Cada vez que Maggie levantaba la vista, Tanner intentaba que sus miradas se cruzaran. Ella nunca lo miró. Intentó sacar un tema de conversación.

—Bueno, ¿qué tal las ovejas? —preguntó.

—Tengo que concentrarme —dijo ella.

Tanner suspiró, se revolvió en su sitio.

—Te está yendo bastante mejor que a nosotros incluso sin concentrarte —gruñó.

Ella no contestó y se limitó a depositar sus fichas ordenadamente, luego se retiró el pelo de la cara y apoyó la barbilla en la mano, expectante. Tanner la miraba fascinado.

—¡Tanner! ¡Maldita sea, te toca otra vez! —gritó Andy.

En una ocasión, por azar, mientras jugaba torpemente con sus fichas, levantó la vista y se dio cuenta de que ella lo estaba mirando. Sus miradas se cruzaron por un instante, lo suficiente para que él viera que la conexión que había sentido al verla por primera vez seguía ahí.

—Maggie —suspiró su nombre.

De forma brusca, Maggie echó hacia atras su silla.

—Este juego se está eternizando. Lo dejo. Estoy cansada —anunció—. Me voy a la cama.

Andy la miró fijamente.

—No puedes dejarlo. Vamos por la mitad. ¡Y, de todas formas, sólo son las nueve!

—¡Si no quieres jugar al Intelect podemos hacer otra cosa! —dijo Tanner, desesperado.

Pero no sirvió de nada. Maggie ya estaba subiendo las escaleras.

Era una tortura. Una pura y simple tortura. Estar con Maggie y no tenerla, no compartir una sonrisa con ella, unas pocas palabras, el roce de su mano. Debió irse.

No podía. La necesitaba tanto como el aire que respiraba. Cada día esperaba un indicio de que ella seguía sintiendo ese amor que en su día aseguró sentir por él. Y cada día crecían sus temores y su decepción. Nunca había trabajado tan duramente ni sufrido tanto en la vida. Ni tan siquiera cuando murió su hijo y fracasó su matrimonio.

No recordaba cuántas veces la había observado de lejos, pensando.

—Por favor, Maggie. Una mirada. Una sonrisa.

Nunca le dió otra oportunidad.

La veía a diario, pero nunca a solas. Siempre estaba en los pastos, o salía del establo cuando él entraba. Estaba en el otro extremo de la cocina o de la mesa. Y la noche anterior a la llegada de los camiones que recogían el ganado, cuando él se ofreció a secar los platos que ella estaba fregando, se negó con la cabeza.

—No, gracias. No es tu trabajo.

—Ya lo sé. No me importa. ¡Me gusta fregar los platos! —mintió.

Ella no se rió ante lo absurdo de su comentario. Se limitó a tomar un paño, se secó las manos, le indicó con un gesto la pila y, con una leve inclinación de su cuerpo, esbozó una sonrisa.

—Entonces, como en tu casa. Yo voy a llamar a John y preguntarle qué hacer respecto a la venta.

Y lo dejó con una pila de platos sucios mientras ella se iba al salón y hablaba por teléfono con John Merritt.

No creía que algo pudiera hacerle tanto daño como eso.

«Es mi ganado», quería gritarle. «Yo lo alimenté, yo lo crié, yo me ocupé de él».

Pero sabía lo que ella le contestaría.

«Tú lo abandonaste. Tú me abandonaste. No tenías derecho a volver».

Así que fregó los platos y terminó rompiendo un vaso en el fregadero. Estaba apretando tanto con el trapo que se cortó la mano y vio cómo la sangre teñía el agua de rojo.

Dolía, pero no tanto como escuchar el suave sonido de la voz de Maggie hablando del ganado, del rancho, del futuro con Merritt.

Y entonces se acabó.

Las dos semanas habían pasado en un abrir y cerrar de ojos. La última vaca ya estaba en el camión. El último camión ya se había ido.

Tanner permaneció de pie en el jardín y siguió mirando hasta que se perdieron de vista. Wes se fue nada más irse el último camión. Cobró su paga, tomó sus cosas, dio unos cuantos apretones de manos y se dirigió hacia el oeste.

—Nos vamos al cine — le dijo Billy a Tanner—. Maggie, el abuelo y yo. A Casper —se fueron en el coche blanco de Maggie. Ella ni siquiera lo miró al pasar a su lado.

Stoney, Jim y Duncan se fueron poco después.

—Nos vamos de marcha con el «Profesor» —dijo Jim, dándole una palmadita a Duncan.

—¿Quieres venir? —le preguntó Stoney a Tanner.

Debería ir, por lo menos para aliviar el dolor. Pero negó con la cabeza.

—En esa ocasión no.

—Yo iré —dijo Andy, esperanzado.

—¿Para ser un estorbo toda la noche por si nos piden la documentación? —dijo Duncan.

Andy suspiró y se quedó mirando cómo la furgoneta tomaba la carretera hacia la ciudad.

—Un año más... —murmuró, y luego se animó—. En realidad, sólo son cinco meses.

Tanner, mirándolo, pensó que no podía recordar haber sido tan joven.

—¿Echamos una partida al Intelect? — le preguntó a Andy.

Andy lo miró, sorprendido, y luego se sonrojó.

—Bueno, la verdad, eh, tengo una cita. ¿Conoces a la hermana de Jack Bates...?

—Mary Jean.

—Sí. No está nada mal. Ha, eh, alquilado un par de vídeos y me ha invitado a verlos —dudó—. Puedes... si quieres, puedes venir.

—Gracias, pero creo que todavía no he llegado a ese extremo —aunque parecía que se estaba acercando. Se volvió y empezó a andar hacia el barracón.

—¿Tanner? ¿Qué pasó entre tú y Maggie?

La pregunta le hizo pararse en seco. Era la primera vez que Andy sugería que hubiera pasado algo. El joven alzó los hombros, algo cortado, y se acercó a Tanner.

—Mira, no estoy ciego. Cuando te fuiste lo pasó mal. Muy mal.

—Lo habría pasado peor de haberme quedado.

—¿Cómo? ¿A qué te refieres?

Tanner movió la cabeza.

—No es asunto tuyo.

—Puede que no —Andy se mordió el labio—. ¿Y suyo?

Tanner asintió.

—¿Has hablado con ella?

—No he tenido oportunidad.

—¡Llevas aquí dos semanas!

—Se niega a hablarme.

Andy soltó un grito de exasperación.

—¿Lo has intentado?

Tanner, sintiéndose acorralado, se balanceó sobre los pies, frotándose la nuca.

—¿No vas a llegar tarde a tu cita?

—A lo mejor —dijo Andy. Miró a Tanner duramente—. Y no querría herir los sentimientos de Mary Jean.

No como tú heriste los de Maggie —se volvió y se dirigió hacia la casa.

—No es lo mismo, maldita sea —le gritó Tanner en la creciente oscuridad.

Y no lo era. Era mil veces peor.

Ella les pagó por la mañana. Se sentó en la mesa de la cocina y rellenó los cheques, entregándoselos por turnos a los ayudantes, siempre con una sonrisa, una palabra amable y su agradecimiento.

—Has hecho un trabajo excelente —le dijo a Stoney—. Te veré el otoño que viene, espero.

—Agradezco tu ayuda —le dijo a Bates—. Este año nos has sido de gran ayuda.

—No sabes lo contenta que estoy de que vinieras a ayudarnos. Vuelve el año que viene — le dijo a Jim.

Uno tras otro, todos le dieron las gracias también. Hasta que sólo quedó Tanner.

Maggie bajó la cabeza, ignorándolo pese a que estaba a medio metro de ella. Estaba concentrada en rellenar el cheque. Terminó de firmar, y se lo entregó. Sus vivos ojos verdes lo miraron fijamente por primera vez desde su llegada hacía dos semanas.

Tanner se humedeció los labios. Dentro de él un millón de palabras luchaban por salir, un millón de cosas que tenía que contarle, un millón de sentimientos que tenía que compartir.

—Maggie —su voz era apenas un susurro roto.

Ella echó la silla hacia atrás y se levantó. Los verdes ojos quedaron casi a la altura de los suyos. Le acercó el cheque, con evidente impaciencia.

—Tu cheque.

Él no sabía que más hacer. Lo tomó con temblorosos dedos.

—Gracias, Tanner —dijo Maggie con voz átona—. Y ahora, adiós.

Capítulo Diez

Un hombre no sabía lo que era sentirse solo hasta que había amado alguna vez.

No lo había entendido nunca hasta aquel momento. Una cosa era estar solo, pensó Tanner, apoyando el brazo en la ventana abierta de la furgoneta mientras se dirigía hacia el sur. Pero sentirse solo era algo muy diferente.

Ese tipo de soledad era como tener un maldito cráter en la boca del estómago. Era como tener un constante dolor en la cuenca de los ojos, una aspereza en la garganta, una ansiedad salvaje y desesperada que jamás desaparecía.

Se había deshecho de él con cuatro palabras. Pero sólo con dos lo había dicho todo.

Lo había llamado Tanner. Y le había dicho adiós.

Nunca lo había llamado Tanner, ni una vez en todos aquellos meses que había trabajado para ella. Desde el principio lo había llamado Robert. Hasta cuando protestaba e insistía en que todos lo llamaban Tanner, para ella seguía siendo Robert.

Y ya no.

Y le dolía.

Por Dios, se había dado cuenta de cuánto podía llegar a doler el amor. Pensó que había sentido dolor tras divorciarse de Clare. No tenía ni idea. Llevaba a Clare muy dentro. Pero Maggie era parte de su corazón.

Y él no era parte del suyo. Ya no. Había matado todo el amor que ella pudiera haber sentido por él. Prácticamente le había tirado el cheque. Y luego, mientras él seguía de pie, inmóvil, mirándola fijamente, ella había cerrado la chequera y había dicho:

—Perdona. Llego tarde. Tengo hora en la peluquería.

Y se fue.

Pasó por su lado cuando salía, fue directa al coche, se metió en él y desapareció. Tanner se quedó en el umbral, anonadado.

¿Y qué podía hacer él, salvo irse?

Tomó sus cosas, cargó el remolque, metió el caballo y se marchó. Al cruzar las montañas en dirección a la autopista, se encontró a Andy, que llevaba parte del ganado hacia los pastos del norte. Cabalgaba relajado, seguro de sus movimientos. Había avanzado mucho en los últimos meses. Saldría adelante.

Todos saldrían adelante.

Salvo él.

Andy lo detuvo, miró el remolque, el hocico de Gambler sobresaliendo entre las tablas, y a Tanner inclinado sobe el volante.

—¿Significa esto lo que parece? —preguntó.

—Ya ha terminado el trabajo —dijo Tanner con tanto aplomo como pudo.

—¿Así que te vas? —la voz de Andy sonaba dura.

Tanner asintió.

—Eres un idiota.

Tanner no necesitaba que se lo recordaran.

Llegó a La Junta al anochecer. Tenía amigos allí. Podía pararse, descansar, comer, dormir. Siguió conduciendo. Si no se detenía, podría llegar a Texas antes del amanecer.

¿Y qué había en Texas?

Nada.

Todo cuanto amaba había quedado atrás. Texas, el futuro, aparecía ante él, lóbrega y fría.

No había un rancho a la vista, ni un molino, ni una vaca. Hasta donde alcanzaba la vista, estaba solo.

Ya había estado solo antes. Después de Clare pensó que eso era lo que quería: ser libre, sin preocupaciones.

Pero, maldita sea, tenía preocupaciones. Se preocupaba tanto que se estaba derrumbando. Nunca pudo decirle a Clare lo que sentía sobre su matrimonio, sobre su hijo, sobre su divorcio. Siempre esperó que fuese ella la que hablara.

Y entonces, a volver, al ver a Maggie con Merritt, todo cuanto quiso decirle había volado. Tampoco pudo decirle nada. No tuvo suficiente confianza en sí mismo.

Igual que con Clare.

¿De verdad iba a cometer otra vez el mismo error?

Estaba amaneciendo cuando subió por el camino del Three Bar C. Había una luz en la cocina. Ev, probablemente. Quizás Andy.

Por lo menos eso esperaba Tanner, ya que de repente tenía la boca seca y el estómago revuelto. Tomar una decisión firme y armarse de valor estaba bien cuando se encontraba perdido en medio de la nada, pero tener que pasar realmente por aquello era más que aterrador.

Agarró con fuerza el volante hasta que los nudillos se pusieron blancos, respiró hondo un par de veces con la esperanza de serenar sus deshechos nervios, y salió de la furgoneta.

Las cortinas de la cocina se movieron levemente, pero no pudo ver quien estaba tras ellas. Cerró los ojos, se armó de valor, los volvió a abrir y llamó a la puerta.

Se abrió en seguida y Maggie en bata y con el pelo, más corto que antes, revuelto, lo miró fijamente. Apretó los labios. Tensó la mandíbula.

—¿Y ahora qué?

—Quiero un trabajo.

—Ya se acabó el marcado —dijo y se dispuso a cerrar la puerta.

—Ya lo sé. Quiero algo más.

—Ahora el capataz es Andy. Ya te lo dije.

—Me parece bien —estaba consiguiendo recomponerse, serenarse.

—No puedo permitirme contratar a otros vaqueros más que temporalmente.

—No quiero trabajo temporal. Quiero un trabajo fijo.

—Ya tengo a Bates. Y se que puedo confiar en él.

—No más que en mí.

—No puedo...

—Te deseo. Te amo. Cásate conmigo —esas últimas palabras salieron de un tirón.

Maggie lo miró fijamente.

—¿Qué has dicho? —preguntó pálida.

Tanner estaba sonrojado, y lo sabía. Y ahora Maggie lo podía ver perfectamente. No había oscuridad que lo ocultara.

Ya no quedaba nada. Había mostrado todas sus cartas. Su cuerpo. Su alma. Su corazón.

Tanner no podía ni mirarla, sólo esperar. Se balanceó, fijó los ojos en la punta de las botas, en las tablas gastadas del porche. Luego, por fin, levantó la vista hasta cruzar su mirada con la de ella, con miedo de lo que pudiera encontrarse.

Ella había bajado la vista. Movió ligeramente la cabeza. Luego, lentamente, alargó una mano y lo atrajo hacia el interior. Sus dedos estaban tan fríos como cálida la habitación. Sentía cómo temblaban.

Cerró la puerta tras de sí y se quedó de pie, mirándola, con las manos todavía entrelazadas. Entonces ella lo soltó y él se sintió súbitamente desnudo, abandonado. Pero levantó las manos y empezó a acariciarle los hombros y los brazos. Parecía necesitar tocarlo, asegurarse de que era real.

—¿Me amas? —susurró, aturdida.

Él asintió en silencio.

Su mirada se hizo más intensa.

—Quieres volver para quedarte. ¿Para siempre?

—Si tú quieres —dijo con voz apenas audible.

—¿Y quieres casarte conmigo? ¿É-ése era el trabajo que querías? —su voz se rompió, a medio camino entre la risa y el sollozo.

—Quiero casarme contigo —dijo de nuevo, ahora más lentamente, mirándola a los ojos, ofreciéndole su corazón con la mirada, ofreciéndole todo cuanto siempre había sido y, con su ayuda, todo cuanto esperaba llegar a ser.

Abrazó a Maggie y la atrajo hacia sí, inclinando la cabeza, sintiendo las lágrimas en los ojos al rodearla con fuerza entre sus brazos. Y ella también lo abrazó con fuerza, inmovilizándolo hasta tal punto que se preguntó si podría liberarse y... deseando no poder hacerlo.

—Nunca supe... —susurró con voz rota—. Nunca comprendí...

—Lo sé. Lo sé.

—¡Fui tan idiota!

—No.

—Puede que ahora no. Pero lo fui. Y lo seré otra vez si no me quedo. Por favor, Maggie. Tengo tantas cosas que decirte, pero es tan difícil. Quiero intentarlo. Esta vez quiero triunfar. No puedo sin tu ayuda. Por favor, dime que sí.

—Sí.

Un vaquero no se queda en la cama hasta el mediodía. No escandaliza a los ancianos y niños y a sus futuros cuñados. Salvo, claro está, que esté demasiado enamorado como para pensar con sensatez, y una pelirroja le haya atrapado sin dejarle opción a resistirse.

Tanner se había pasado toda la noche conduciendo, después había abierto por fin su corazón, y cuando Maggie lo tomó de la mano y lo llevó escaleras arriba, le importó poco qué pensarían los demás vaqueros: no tuvo la menor intención de decir que no.

Consiguió protestar un poco.

—¿Qué pensará Ev? —susurró preocupado mientras subían las escaleras y pasaban junto a la puerta del viejo.

—Que por fin has recobrado el sentido común —dijo Maggie empujándolo al interior de la habitación.

—¿Y Billy?

—Es demasiado joven como para preocuparse.

—¿Y Andy?

—Andy ya ha salido con el ganado. Nunca se enterará —se detuvo justo en la puerta y se volvió a mirarlo—. Pero podemos parar aquí si quieres.

A Tanner le faltó tiempo para borrar aquella traviesa sonrisa de su cara. La empujó levemente y cerró la puerta tras de sí.

Hicieron el amor con suavidad y desesperación, con entusiasmo y tacto. Se besaron y acariciaron, se miraron y adoraron, se tocaron y jugaron. Y Tanner empezó a sentir nuevamente la alegría en el cuerpo de Maggie. Pero aunque todo había empezado meses atrás al apreciar la belleza física de Maggie MacLeod, descubrió que lo que de verdad valoraba era su espíritu, su alma, su infinita capacidad para amar.

Quería perderse en ella, conocerla tan íntimamente como la conoció, por brevemente que fuera, en su día. Pero, como su propósito de enmienda era serio, Tanner fue el primero que habló.

Estaban acurrucados sobre la manta en la cama de Maggie, ella tenía la cabeza sobre su torso, él le acariciaba el oído y el cabello, dejando que se enfriara un poco la pasión, que se calmaran sus corazones desbocados.

Por fin levantó la cabeza para besar la de Maggie, luego volvió a tumbarse y tragó saliva, intentando decidir por dónde empezar.

—No puedo creer que de verdad esté aquí —dijo por fin, porque eso, más que nada, era lo que de verdad sentía en su corazón.

Maggie levantó la cabeza y las miradas se encontraron. Sus ojos tenían ahora la calidez del jade. Ya no quedaba nada de la frialdad que había visto en ellos durante las últimas dos semanas.

—Yo tampoco —dijo ella suavemente—. No creí que fueras a volver.

—Tenía que hacerlo. Además, ya había vuelto antes —le recordó.

—Pero no dijiste nada.

—Merritt estaba aquí.

Maggie lo miró horrorizada.

—¿Quieres decir que me habrías dicho entonces que me amabas? ¿Por qué no lo hiciste? Te dije que John era sólo un amigo.

—Lo sé. Pero tenías aquella cara de estar deseando que me muriera... Pensé que había cometido un gran error.

—De todas formas, te quedaste.

—No tenía elección —se limitó a decir.

Maggie le acarició la mejilla, pensativa.

—Y luego, cuando se fue John... ¿por qué no me lo dijiste?

—Siempre que te veía, me mirabas con frialdad. Si las miradas mataran, yo ya estaría dos metros bajo tierra.

—Tenía miedo... de lo que sentía por ti.

Tanner la miró fijamente. No se le había ocurrido que a ella también le hubiera sucedido.

—Entonces ya sabes cómo me sentía.

Maggie asintió.

—Tenía miedo de traicionarme antes de que te volvieras a ir. Estuve a punto de hacerlo al darte el cheque.

—Ojalá lo hubieras hecho.

—Pero... ¿qué pasó? Te fuiste. Y luego volviste. ¿Qué te hizo cambiar de idea?

Tanner alzó un hombro con torpeza. ¿Cómo podía explicar algo que ni él mismo entendía?

—Fue Texas, supongo —dijo, por fin.

—¿Texas? —Maggie se giró para mirarlo, con la barbilla sobre los brazos, que tenía cruzados sobre el pecho de Tanner.

Él miraba al techo, recordando cómo se sintió perdido en medio de la nada, cuando lo golpeó la inmensidad de un mundo sin Maggie.

—Allí es donde me dirigí al irme. No sé porqué, la

verdad. Supongo que porque estaba ahí. Pero cuanto más me acercaba, más grande era, y no había más que soledad. Me asustó muchísimo —se incorporó sobre un codo y la miró—. Sé cómo estar solo. En mi vida, bueno, ya lo sabes, he estado solo muchas veces. Después de estropear mi matrimonio con Clare pensé que era mejor así. Pero cuanto más me acercaba a Texas, más crecía el vacío dentro de mí. Y... he estado vacío durante tanto tiempo, Maggie... Demasiado tiempo —se le quebró la voz, y la garganta se le cerró—. No me di cuenta hasta que te conocí a ti.

Era más de lo que se había atrevido a decir en años, quizás en toda su vida. Probablemente más de lo que se atrevería a decir en el resto de sus días, salvo que Maggie le ayudara a cambiar. Pero era lo que sentía.

Y Maggie lo comprendió. Se acercó y lo besó con ternura. Fue un beso largo, un beso lento, total, placentero que empezó a calentar de nuevo su apenas templada sangre. Pero entonces dejó de besarlo y acercó su suave mejilla a su barba de dos días, acariciándolo ligeramente.

—Creí morir cuando te fuiste después de que hiciéramos el amor —confesó. Su voz tenía algo que nunca antes había oído, y él se volvió para ver si su expresión era tan triste como sus palabras. Lo era. Deseó morirse en aquel momento.

—No —protestó Tanner.

—Sí. Fue terrible. El rechazo definitivo.

—No fue mi intención... ¡Creí que te estaba protegiendo! —dijo angustiado—. No sabía qué hacer. Claro que no podía resistirme a ti. Lo había demostrado. Y dijiste que me amabas...

—¡Y era verdad!

—Aunque sólo Dios sabe por qué —insistió—. Fui un imbécil. Desde el principio no quise que vinieras al rancho. Intenté deshacerme de ti.

Maggie ladeó la cabeza, sonriendo levemente.

—¿De verdad?

Tanner parpadeó, confuso.

—¿No? —a veces se preguntaba qué había estado haciendo. También esbozó una sonrisa—. ¿Eso es lo que Bates llamaría un conflicto de intereses, de acercamiento contra rechazo?

Maggie sonrió más abiertamente y él vió el hoyuelo junto a su boca.

—Creo que sí.

—Bueno, lo llames como lo llames, fue un lío —dijo Tanner—. Te deseaba. Desesperaamente. Y te estaba rechazando al mismo tiempo. Tenía que hacerlo. Estaba muy claro que no eras un lío de una noche, y, por lo que a mí concernía, no veía ningún futuro en una relación.

—Y ahora sí lo hay —Maggie dijo esas palabras con sencillez y con absoluta fe.

Tanner cerró los ojos y pensó en eso. El futuro. El matrimonio. Maggie y él juntos. Para siempre. Y creyó en ello, quizás por primera vez.

—No será fácil —dijo.

—Creo que eso ya lo has demostrado —contestó Maggie secamente. Él sonrió.

—¿Y crees que me podrás obligar a convertirme en un marido decente?

—Creo que tú mismo te convertirás en un marido maravilloso —dijo Maggie.

Su confianza le sorprendió. Era mucho mayor que la suya. Durante todas esas horas de carretera y furgoneta, durante el regreso a casa, había reflexionado sobre sus esperanzas, sobre sus miedos, sobre lo que el matrimonio le exigiría, sobre si tendría el valor de abrirse, de confiar, de intentarlo.

Y entonces pensaba en Maggie, en su amor por él, tan profundo y permanente como alcanzaba a imaginar. Pensaba en su amor por ella, que parecía nuevo y frágil e inexperto.

Pensaba en que hacía meses le había dicho a Andy que la única forma de aprender era con la práctica.

Lo mismo pasaba, suponía, con el amor. Y con ser un buen marido. Incluso, algún día, ser padre.

—¿Y los niños? —preguntó él de repente—. ¿Quieres tener hijos?

—Claro que quiero. Montones de pequeños Tanner. Por lo menos media docena.

—¿Media docena? —la miró, horrorizado.

Maggie se rió.

—Bueno, quizás dos o tres —y dudó—. Tú quieres, ¿no? —preguntó, como si hubiera pensado que, dada su experiencia anterior, quizás no quisiera.

—Quiero. Y mucho. No me di cuenta hasta hace poco. Hasta que te hablé de... del bebé... Nunca había hablado de él. Nunca me permití pensar en todo lo que me he perdido, que quería y que tenía miedo de querer. Nunca he llegado a llorar su pérdida, realmente.

Maggie deslizó las manos alrededor de él, abrazándolo, besándolo. Y la pasión que él había atesorado durante tanto tiempo se encendió en llamas. La besó, hambriento, entusiasta, enfebrecido.

Y le hizo el amor, total y completamente. Le mostró con sus manos y sus labios y su cuerpo las cosas que todavía no podía decir con palabras. Y disfrutó con su respuesta, con su deseo cuando respondía a cada movimiento, con el resplandor del amor en sus ojos cuando se fundieron en una sola persona.

—Quizás podríamos intentar lo de tener media docena —dijo en cuanto pudo recobrar el aliento.

Maggie se rió y lo rodeó con los brazos, abrazándolo con fuerza.

—Si quieres, intentaremos tener cien. Te amo, Tanner.

Él se echó hacia atrás, mirándola, dubitativo, preocupado.

—¿Tanner? —repitió.

Ella lo miró, le acarició la mejilla, sonrió.

—Robert —corrigió, acercando sus labios a los de él—. Te amo, Robert.

Él no volvió a corregirla. Nunca.

Cuando Mike y Guy se conocieron, ella era una muchacha ingenua que nunca había salido de su tierra natal, y él era un joven ambicioso cuyo único objetivo era triunfar en su profesión. La hermosa isla de Far Winds fue testigo del nacimiento de una pasión irrefrenable entre ambos... una pasión que haría que sus vidas no volvieran jamás a ser las mismas.

La magia de la isla

Robyn Donald

PIDELO EN TU QUIOSCO

REGRESO AL
PARAÍSO
Raye Morgan

¿Qué estaba haciendo Ken Forrest allí? ¿Cómo podía irrumpir en la vida de Shawnee y esperar recuperar sin más lo vivido aquel verano? Tenía que conseguir que se marchara antes de que la pasión regresara de nuevo, antes de que olvidara todas las razones por las que no podía enamorarse otra vez, antes de que él descubriera que tenían un hijo.

Ken Forrest no podía apartar la mirada de la chica de sus sueños, y era como si los dieciocho solitarios años sin ella se desvanecieran. Era otra vez el adolescente hechizado por su exótica belleza. Sin saber cómo, la había encontrado de nuevo. Esta vez no podía dejarla marchar.

PIDELO EN TU QUIOSCO